Brigitte Banjean
Bertrand Boileau

Cette trace de ta vie dans la mienne

Nouvelles

Collection Impressions　　　　　Anfortas

Retrouvez les ouvrages et les auteurs des
Éditions Anfortas
sur :
www.editions-anfortas.com

© Anfortas – Janvier 2020
102 rue de Boissy – 94 370 – Sucy-en-Brie

Le Code de la propriété intellectuelle interdit les copies ou reproductions destinées à une utilisation collective. Toute représentation ou reproduction intégrale ou partielle faite par quel que procédé que ce soit, sans le consentement de l'auteur ou de ses ayants droit ou ayant cause, est illicite (art. L. 122-4) et constitue une contrefaçon, sanctionnée par les articles L.335-2 et suivants du Code de la propriété intellectuelle.

ISBN : 978-2-37522-094-8
ISSN : 2429-9081
Crédits photos : Danielle Lubrano

*Je ne sais où va mon chemin,
mais je marche mieux quand
ma main serre la tienne.*

Alfred de Musset

Prélude

Victor Hugo, dans une lettre à Juliette Drouet, offre et le thème et le titre à ce recueil :

Je ne veux pas, pourtant, que **cette trace de ta vie dans la mienne**, *soit à toujours effacée.*

Je veux qu'elle reste, je veux qu'on la retrouve un jour, quand nous ne serons plus que cendres tous les deux.

Quelle trace laissons-nous dans la vie de ceux dont nous croisons le chemin ?

Quelle est, en retour, la trace que ces présences, éphémères ou plus prégnantes, vont inscrire au plus profond de nous ?

Dans chacun des textes présentés, **Cette trace de ta vie dans la mienne** est ce qui nous conduit et trouve un écho aux résonnances multiples, guidant nos écrits et nos choix.

Un écho amusé et amusant qui sûrement vous fera sourire dans **Ah ! L'un ou l'autre ?** en écoutant la conversation hautement intellectuelle de deux femmes qui discutent de leurs rencontres masculines. Attention, si votre prénom ou celui de votre chéri, de votre papa ou de votre fils est

« Alain », sachez bien que toute ressemblance avec nos personnages est fortuite et que vos Alain n'ont (probablement) aucun rapport avec les nôtres.

Au tout début du recueil, une vibration sensuelle s'offrira sous les traits de **L'inconnue du banc d'en face** avec une séduction silencieuse. Des émotions du passé ressurgissent parfois alors qu'on ne les attendait plus. Un rendez-vous tacite peut-il s'ouvrir sur l'avenir ? Ce texte est lauréat du Prix Sénèque 2019.

Un élan poétique et sentimental vous emportera auprès d'**Arlequin et saint Pierre,** celui-ci réconciliant un couple en perdition. À trop chercher, quelquefois, l'on en oublie l'essentiel.

Vous découvrirez aussi, dans **Secrets de femmes**, la complicité spontanée réunissant un groupe d'inconnues, de cultures et d'habitudes différentes, qui vont plonger dans les confidences en partageant des moments d'intimité où le temps restera suspendu et perdra pendant quelques instants la folie de sa course éperdue.

La poésie est présente, à nouveau, au creux des lignes des **Bateaux d'or**, mais en surface, c'est bien la vie réelle qui se joue. Et si l'on vous accordait la réalisation de trois vœux, quels seraient-ils ?

L'émotion deviendra bouleversante en surgissant d'un pinceau, lorsque le peintre se confie. C'est en regardant sécher son tableau qu'il comprit la destinée des Soldats sénégalais au camp de Mailly, en 1917, et répète depuis : **J'avais peint des morts.**

Ce livre frissonne aussi des confidences d'un homme âgé qui nous embarque pour une ascension sentimentale sur la route du mont Ventoux. ***Le sourire de Lucienne*** est récompensé du Grand Prix de la ville d'Aubagne 2016.

La douceur de la transmission familiale est palpable lorsqu'une grand-mère raconte ***Les Cabanes*** du bassin d'Arcachon, le soir, pour endormir les enfants sages.

Puis l'évasion poétique reprend de l'élan avec de curieuses ***Pensées lapidaires*** et les insolites confidences d'une interlocutrice hors norme ou bien encore dans les épanchements d'un arbre et d'un banc accueillant un vieillard venu toute sa vie durant, s'abriter sous l'un en s'asseyant sur l'autre, pour rêver à passer ***Au-delà de la Barre***.

L'impact des rencontres, la puissance des livres et de l'acte d'écrire sont abordés dans ***Bon voyage, les mots!***, récit rédigé entre deux tables d'un salon littéraire. Ce thème palpite aussi au fond d'un ***Tiroir*** d'où sortiront des ***mots***, ou encore auprès d'un vieux loup solitaire au cœur réchauffé par ***Le gant d'hirondelle***.

Un soutien inattendu va entraîner une ***Guérison réciproque***, offrant à deux inconnus un bénéfique échange de forces.

Au milieu du livre, une brève envolée poétique embarque ***Le Temps et la Nuit*** sur le rythme d'une valse infinie.

Quinze histoires courtes dont quatre se trouvent récompensées de prix littéraires ; trois rendent hommage au bassin d'Arcachon et trois autres au mont Ventoux pour une belle complicité du sud-ouest et du sud-est.

L'inconnue du banc d'en face

Ce texte est lauréat du Prix Sénèque 2019 décerné par le Cercle Léonardo da Vinci.

Un échange peut être silencieux, il n'en reste pas moins envoûtant et riche de promesses.

Chaque jour, vers 10 heures, je flânais sous les platanes du jardin Frédéric Mistral, le parc situé à quatre rues de chez moi. Cette promenade matinale m'amenait invariablement à travers les allées ombragées jusqu'à mon poste d'observation. Dans le cœur du jardin, au détour d'une courbe bordée de platanes centenaires, une vieille remise se dissimulait, préservée des démolitions. L'édifice affichait l'allure paisible de ces petits cabanons provençaux, nichés au creux des vignobles ou des vergers en exploitation. D'ailleurs, pour recréer un décor parfait, quelques rangées de vignes s'alignaient entre deux énormes cyprès. Adossé au mur de façade, un banc invitait les promeneurs à un repos temporaire, mais je m'installais toujours de l'autre côté de l'allée, sur le banc d'en face, ainsi le ballet des martinets nichant dans les interstices de l'avant-toit, alimentait mon spectacle quotidien.

L'endroit était tranquille car la plupart des visiteurs ne s'aventuraient pas aussi profondément dans le parc, ils se regroupaient plutôt autour du bassin central et de l'aire de jeux disposant également d'une buvette et de transats accueillants.

Le cabanon et ses deux bancs face à face semblaient n'être posés là que pour moi. Chaque matin, je n'y retrouvais que ma solitude. Et cela m'allait bien, me semblait-il. Après quelques minutes d'observation, le nez en l'air et le regard affûté, je sortais mon carnet et immortalisais par quelques croquis, les couleurs et les cogitations du moment. Pourtant, le cabanon, les vignes et les oiseaux, j'en avais largement fait le tour et la lassitude me gagnait. Mon inspiration avait besoin d'autre chose mais jour après jour, rien ne venait égratigner la routine.

En dehors de mes virées dans ce jardin public, mes seules sorties me poussaient vers la salle de cinéma du centre culturel voisin où je me délectais de vieux films et de reportages. Depuis la diffusion le mois dernier d'un documentaire sur Lucques, je repensais aux paysages de Toscane qui avaient nourri mon enfance à travers les bras généreux de la branche maternelle de ma famille, m'offrant la richesse de la culture transalpine. La vie m'avait éloigné des beautés italiennes et j'en gardais un regret pesant. Longtemps, je m'étais promis de faire un pèlerinage et d'emmagasiner odeurs, intonations et saveurs perdues puis le temps avait passé, lissant les manques, plaçant les absents au creux des souvenirs chers à mon cœur. Pour les réanimer, il me restait la possibilité de les dessiner mais je n'avais jamais ressenti le déclic révélateur puis ; je m'étais résigné et cumulais compulsivement les esquisses provençales.

Dans mon antre solitaire, un matin de septembre, une surprise m'attendait.

De loin, en remontant mon allée, je distinguai une fine silhouette, la tête légèrement inclinée vers les pages d'un gros livre tenu entre ses mains. Une femme était installée sur le banc d'en face. Je m'assis avec discrétion, ne voulant pas troubler sa lecture. Elle m'offrit un bref hochement de tête que je lui rendis. Luttant difficilement contre l'envie impérieuse de la dévisager, je ne voulais pas paraître impoli avec un regard trop insistant et m'accordais malgré tout, quelques coups d'œil discrets.

Le crayon appelait déjà mes doigts et je le laissai courir sur mon feuillet, en toute liberté. Rapidement, je l'abandonnai au profit du fusain, outil de prédilection des plus grands peintres, permettant de travailler le dessin et d'y ajouter couleurs et lumière en chassant très facilement l'excès de poudre noire. La première esquisse de l'inconnue du banc d'en face prit forme ce matin-là. Saisissante de beauté.

Mon mystérieux modèle lisait tranquillement, ses seuls mouvements furent de tourner les pages et de croiser de temps en temps une jambe sur l'autre, me laissant admirer au passage leur joli galbe à travers le fin collant qui les protégeait du léger frimas matinal de ces derniers jours d'été.

Je ne sais dire combien de temps dura ce premier contact car j'en avais perdu la notion. Alors que je levai le nez, elle ajusta son marque-page décoré d'un ruban rouge qu'elle caressa un instant entre ses doigts et rangea le livre dans son sac à main, renouvela son hochement de tête, se leva et s'éloigna tranquillement. Je restai sous le charme, les yeux fixés sur le banc devenu terne. Le vide m'envahit. Les coassements disgracieux de mon estomac me tirèrent de ma douce torpeur et me poussèrent à regarder ma montre, il était 13 heures 30 ! Je n'avais rien vu passer.

Je rentrai chez moi, faire rissoler une poêlée de Saltimbocca de veau à la mozzarella, recette de ma nonna Agata, ma grand-mère livournaise. J'y ajoutai une poignée de tagliatelles saupoudrées de Parmigiano Reggiano et bizarrement léger et gai comme un pinson, moi le solitaire taciturne, je passais l'après-midi et la soirée dans les brumes vaporeuses d'une sensation subtile, me délectant du délicat frisson d'émotions que je pensais oubliées. Enfermé dans mon atelier, je savourais les bienfaits d'une agréable bouffée d'oxygène revigorant ma vieille carcasse et, tranquillement, je multipliais les croquis de l'énigmatique et séduisante liseuse.

Le lendemain, les premières lueurs de l'aube me trouvèrent frétillant. Je me rasai avec soin, appliquai un baume discrètement parfumé et choisis une chemise gris clair, en popeline légère, confortable et de belle coupe. J'ajoutai une pochette en soie à la poche poitrine de ma veste en tweed. Mais au moment de partir, je me ravisai. Devrais-je plutôt endosser une tenue plus décontractée ? Adopter une allure chic et séduisante ou emprunter le style glamour de Clint Eastwood ? N'importe quoi ! Meryl Streep qui interprète Francesca n'a suivi que quatre jours le troublant Robert Kincaid *Sur la route de Madison* ! Superbe film où malheureusement l'Amour est contrarié, enfin, l'amour est total, puissant, ensorcelant mais la belle refusera de le suivre, donnant la priorité à la raison plutôt qu'à la passion. *Ma, quale tristezza* [1]! De toute façon, reviens à la réalité, tu n'arrives pas à la cheville du bel américain au regard de braise.

J'arrêtai de tergiverser et me rendis au parc, m'efforçant péniblement de refréner l'emballement juvénile que je sentais poindre en moi. Idiot que tu es, tu crois qu'elle va revenir? Et pourquoi le ferait-elle? Le jardin regorge de coins propices à la détente, elle ira sûrement s'installer sur les transats avec une tasse de thé, ou bien n'était-elle que de passage et déjà dans un ailleurs contre lequel tu ne peux lutter? Est-ce le hasard ou le destin qui pose parfois deux personnes sur un même chemin? Et si la vie n'était qu'une succession de rendez-vous?

Assis sur mon banc, je regardais le sien, vide. Mon carnet, je ne pouvais l'ouvrir, ma boîte de crayons, inanimée elle aussi, restait posée sur mes genoux, fermée.

Puis je l'aperçus au loin, avançant d'un pas nonchalant le long des platanes. Allait-elle venir jusqu'à moi? Vieux fada, ce n'est pas vers toi qu'elle s'avance, elle marche, se promène et tu n'y es pour rien dans l'affaire! Elle se rapprochait. Allait-elle s'asseoir sur le banc ou poursuivre sa promenade sans s'arrêter?

Les battements de mon cœur devaient s'entendre jusqu'à la loge du gardien et mon souffle était celui d'un marathonien. J'ouvris rapidement mon matériel et gribouillai maladroitement un mauvais dessin d'une main humide. Avoir l'air occupé. Plus que quelques pas. Je m'imposais un air inspiré, observant le vol des martinets,

---

1. *Mais, quelle tristesse!*

j'avais douze ans et me disais : si l'oiseau de droite tourne le premier c'est qu'elle va s'arrêter, s'il continue son vol, elle poursuivra aussi son chemin.

Enfin, l'oiseau de droite amorça un virage et elle s'immobilisa, m'offrit son hochement de tête et s'installa sur le banc d'en face. J'essayai de retenir le sourire béat que je sentais s'afficher sur mes lèvres de façon ridicule. Elle sortit son gros livre et je tournai la page de mon carnet, commençant un nouveau croquis. Oui, je la croquais des yeux et crayonnais joyeusement.

Quelques coups d'œil vers mon modèle libérèrent un dessin puissant. Les pages précédentes n'étaient remplies que de cabanons abandonnés, d'alignements de vignes et d'oiseaux ironiques mais les dernières pétillaient d'une lumière nouvelle. Mes fusains s'animaient pour mon plus grand plaisir. Léonard allait mourir de jalousie.

Après son moment de lecture, elle rangea le livre, accompagna sa salutation d'un petit sourire qui fit chavirer mon cœur puis s'éloigna tranquillement. Je me laissai lentement redescendre sur terre et me levai en sifflotant avant de rentrer grignoter un morceau, finir par un cappuccino mousseux comme il se doit et peaufiner mes dessins.

Il en fut ainsi pendant plusieurs jours et même plusieurs semaines. Jamais nous n'échangeâmes un mot. J'étais bien trop intimidé. Pourtant, chaque matin, j'essayais de m'insuffler du courage « Allez, va lui parler » mais j'avais trop peur de rompre le charme délicat qui nous entourait, craignant d'abîmer le côté magique et enchanteur de notre muette relation. Ainsi, dans ce cocon de mystère, le rêve avait toute sa place et rêveur, je l'étais passionnément, à la folie.

Un dimanche, alors que la matinée touchait à sa fin et que je voyais le moment du départ arriver en torture, le rythme délicieusement crescendo du *Va, pensiero* se répandit à travers les allées ; d'un coup, le chœur des esclaves semait ses vibrations dans tout le jardin. Penché sur mon bloc, tout à ma concentration, je n'avais pas vu arriver les jeunes musiciens : deux violons, une flûtiste et une violoncelliste se trouvaient installés en arc de cercle sur les chaises de l'esplanade. Ce quatuor juvénile et appliqué nous offrait le sublime opéra de Verdi dont les premiers mouvements sont doux et très lents, libérant ensuite une harmonie où se mêlent ferveur et puissance. Les yeux de mon modèle luisaient. Une jambe croisée sur l'autre, son pied surélevé battait la mesure en une silencieuse invitation tandis que ses lèvres fredonnaient *Le memorie del petto riaccendi ci favella del tempo che fu*[1] !

Je sentais, plaqué contre ma main droite, le dos de ma partenaire que j'emportais, virevoltant de petits pas aériens.

Je la nommais « Béatrice ». Référence à ma ridicule ouverture de bouche dès que je pensais à elle, c'est-à-dire tout le temps, mais surtout parce que Béa était mon premier amour, embellissant mes quinze ans d'une violente douceur lors de mes vacances d'été chez mes grands-parents italiens. Un amour aussi pur que platonique, total, vibrant d'un trouble qui se renouvela lors des séjours qui suivirent et m'accompagna tout au long de la vie, malgré les rencontres futures, un mariage, un divorce, quelques compagnes de solitude et tous les soubresauts de mon

---

1. *Rallume les souvenirs dans le cœur, parle-nous du passé !*

cœur d'artichaut. J'étais toujours en amour de ma Béatrice, *mia bella italiana*[1]. Elle m'était brusquement réapparue sous les traits plaisants et sensuels de la belle inconnue du banc d'en face.

La nuit, je murmurais fiévreusement son prénom, je m'enroulais de ses cheveux, respirais son souffle et buvais à sa bouche, j'embrassais ses pieds et caressais lentement chaque millimètre de sa peau. Je ne savais pas lui donner d'âge mais vu que j'étais moi-même embrasé d'un vigoureux retour dans une adolescence aussi fougueuse qu'inattendue, je flottais au-dessus de toute réalité. Ce retour de flamme m'offrait des ailes de papillon. C'était tellement bon.

Je me préparais soigneusement et me présentais toujours le premier à nos rendez-vous. Savourant par avance le plaisir intense de la regarder s'avancer lentement vers moi. Je frémis d'inquiétude en constatant que le volume des pages du recueil dont j'avais, à force d'œillades, réussi à lire la couverture, s'amenuisait dangereusement. Je craignais que la fin de l'ouvrage signifie aussi l'interruption de nos rencontres quotidiennes. Ce premier titre aiguisait déjà mon intérêt lorsque d'autres livres succédèrent à l'intrigant *Liaisons dangereuses*. Quel est l'état d'esprit d'une dame s'absorbant dans ce roman si particulier, vieux de deux siècles et tellement actuel ? Sans qu'une parole ne soit prononcée, je découvris avec plaisir et étonnement, son goût pour l'Italie dont elle parcourut plusieurs albums et deux gros recueils sur la Renaissance, me laissant apercevoir Raphaël et Botticelli, mes peintres préférés.

---

1. *Ma belle italienne.*

Et pendant qu'elle lisait, je la dessinais. Absorbé dans ma création, je relevais de temps en temps la tête afin de capter chaque détail de ses émotions et, à plusieurs reprises, je surpris son regard sur moi. Oui, elle me regardait, je dirais même qu'elle semblait fascinée par mes mains qu'elle observait avec attention. Avait-elle saisi l'inexplicable ?

La nuit dernière résonna d'une force surprenante, une fièvre du samedi soir me transporta au-delà des mots vers un bien-être exquis, et je pense, encore jamais atteint. Je répétais fébrilement « Béa, Béa… ma chérie, mon bébé, ma douce fée… », et je me laissai emporter en un chaud et bouillonnant souffle de vie, ne percevant plus les limites de mon propre corps ni où commençait le sien. Nous roulâmes sur le lit, enlacés, merveilleusement enroulés, bercés d'une tendresse infinie.

Je m'éveillai palpitant, surpris de cette puissante et douce vibration mais étonné et dépité d'être seul dans mon lit, en travers et glacé.

J'eus bien du mal à recouvrer mes esprits en ce matin qui s'annonçait déjà particulier car nous étions dimanche, premier jour d'octobre, mais également celui de ma naissance, bien des années plus tôt. Un anniversaire, pour un vieux loup solitaire, n'est pas vraiment une priorité. Depuis longtemps, j'étais parvenu à me convaincre que cette journée n'avait rien de spécial et qu'elle était semblable aux autres.

Selon mon habitude, je me rendis au jardin et m'installai sur le banc, devant le cabanon. Une sourde angoisse m'enserrait sans que je puisse en comprendre la raison. Tout semblait calme. Le ciel était dégagé et les oiseaux ramageaient avec vigueur. Comme tous les dimanches, le marchand ambulant proposait ses crêpes dont le parfum, en d'autres circonstances m'aurait réjoui, pourtant, je ne parvenais pas à savourer ce plaisir, tout me laissait indifférent. Au fur et à mesure que les minutes passaient, un malaise m'envahissait insidieusement, m'oppressait. J'essayais de refouler la noirceur de mes pensées en récitant à haute voix L'*invitation au voyage* mais même Baudelaire et la beauté de ses vers n'apaisaient pas mon tourment.

Ce matin-là, le banc d'en face resta enveloppé d'une tristesse indicible, gelé dans une effroyable solitude car Béatrice ne vint pas. Ma tension montait, j'en aurais pleuré. Et si elle était malade ? Ou pire ? Si elle avait eu un accident ?

L'inquiétude me vrillait la tête et le ventre. Peut-être l'avais-je blessée par mon songe érotique, effrayant maladroitement son âme sensible par l'expression de mon désir trop charnel ? J'avais sorti mon carnet de croquis mais j'étais incapable de dessiner et il gisait sur le banc, tristement abandonné à mes côtés. *Là, tout n'est qu'ordre et beauté, luxe calme et volupté,* mais la volupté m'avait quitté, Baudelaire n'avait plus qu'à se taire.

Le manque me rongeait et son absence me torturait.

Triple benêt, tu n'as jamais osé. Ta vie entière fut ainsi, à cogiter, à refuser tout élan et refouler l'envie, à s'en tenir aux règles. Une nouvelle fois, tu ne peux que répéter que tu aurais pu, que tu aurais dû. Mais il est trop tard. Tu n'es qu'un sinistre rêveur accumulant les déconvenues.

Soudain, un ballon traversa l'allée et continua sa course dans les rangées de vignes. Un enfant en pleurs accourut ensuite et je me levai pour le guider vers l'objet égaré qui avait dévalé jusqu'au fond du parc. J'aidai le gamin à récupérer son ballon mais celui-ci s'était enfoncé sous une haie et nous bataillâmes un moment avant de mettre la main dessus. Le sourire de l'enfant me remercia et je revins lentement vers le banc toujours déserté. Un léger parfum de vétiver flottait dans l'allée. Je reconnaissais cette senteur délicate et puissante à la fois. Mes mains se remirent à trembler et ma respiration s'accéléra à nouveau.

Mon carnet était ouvert.

Un marque-page orné d'un ruban rouge était glissé entre les feuillets et je découvris un dessin nouveau, représentant un édifice cher à mon cœur.

Hagard, je restai un instant figé devant ce croquis avant d'ouvrir d'une main tremblante, le portefeuille qui ne quittait jamais la poche arrière de mes pantalons. D'un soufflet intérieur, fébrilement, je sortis un vieux cliché jauni et le plaçai à côté du dessin. Le même paysage se trouvait sur les deux images. La beauté du campanile à l'architecture majestueuse se mêlait au mystère de l'esquisse offerte. Avec ma Nonna, j'avais visité Florence à plusieurs reprises, séjournant au centre historique de la vieille ville afin de saisir le rythme palpitant de ses somptueux monuments mais le coup de foudre m'était tombé dessus lors de ma première traversée de la *piazza del Duomo* qui allait donner naissance à ma grande passion pour la Renaissance et occuper mes recherches pendant de longues années. L'émotion ressentie alors m'avait guidé vers la contemplation et la compréhension des magnifiques œuvres architecturales et picturales dont cette période fut la riche pépinière.

Le dôme de la cathédrale *Santa Maria del Fiore*, dont la beauté fascine depuis le XVᵉ siècle se distinguait au milieu du croquis tout comme sur ma vieille photographie, prise le jour de mes vingt ans.

Au dos du dessin, mes yeux embués découvrirent ceci :
Précieuse est l'étincelle qui brille dans vos yeux
Bienveillante, elle fut pour moi un cadeau merveilleux.
La chaleur d'un regard peut guérir tous les maux,
Les murmures du silence sont plus forts que les mots
Et la force du souvenir rend le monde plus beau.
B. A.

Pantelant, je restai plusieurs minutes à observer le croquis puis à tourner la page pour relire ces cinq phrases et ces deux initiales.

Le marque-page soyeux caressait mes doigts et Baudelaire déclamait dans ma tête *C'est pour assouvir ton moindre désir qu'ils viennent du bout du monde.*

Au fond de l'allée, je distinguai une fine silhouette qui marchait lentement, je la suivis longuement des yeux, puis me levai et allongeai le pas dans sa direction.

Aurais-je le courage de lui parler ?

Ou valait-il mieux confier cela à la magie des fées ?

Vous n'en savez rien ?

Ma, io lo so[1].

---

1. *Mais, moi je le sais.*

Arlequin et saint Pierre

L'on pense souvent que le meilleur est ailleurs, oubliant de regarder tout près, tout près.

Arlequin est fâché : il a perdu sa Colombine. Elle est partie, elle l'a quitté pour un serrurier. Un petit serrurier de rien du tout. Arlequin le connaît bien : ils prennent l'apéritif ensemble, tous les soirs au Café du Commerce. Le petit serrurier n'a pas les doigts très propres, souvent la figure un peu noire aussi, comme un ramoneur. Que voulez-vous, c'est la mécanique. Ah ! Ça, Arlequin est plus soigné mais le serrurier – il s'appelle Sébastien – est beaucoup plus fort que lui, ça c'est pour les biceps. Pensez-vous ! À manier le marteau, à soulever des portes, visser des serrures et des pergolas à longueur de journée, ça vous forge un homme. Et Sébastien aime bien les vêtements sans manches qui mettent en valeur ses épaules et ses bras musclés. Et puis il n'est pas mal du tout Sébastien. Pas une beauté latine comme Arlequin, non. Mais il possède ce charme rustique, des traits rudes, une force de la nature, et il sait en jouer, le bougre.

Et, après une nouvelle dispute avec Arlequin, Colombine est partie dans les bras musclés de Sébastien. C'est arrivé tout bêtement, une dispute d'amoureux.

— Arlequin, tu ne me crois pas !
— Colombine, tu lui as souri. Ne dis pas non ! Je t'ai vue ! Et tu lui as même adressé un clin d'œil !
— Mais jamais de la vie ! Tu es un grand malade, Arlequin !

Je vous laisse continuer la suite. Bien malheureusement vous connaissez ; à notre plus grande honte, nous y sommes tous passés.

Colombine est partie en pleurs. Tout son maquillage fondait sur ses joues. Elle a claqué la porte le plus fort qu'elle pouvait. Arlequin dans un sursaut d'élégance lui a crié :

— Casse-toi, Reine des Crétinasses ! le plus fort qu'il pouvait.

Match nul. Pas de plus fort. Perdant perdante.

Et voilà notre Arlequin bien dépité ce matin devant le chantier. Bien sûr, avec les mots méchants, ils se sont jeté de petits objets à la tête. Oh ! En faisant bien attention à ne pas blesser l'autre mais quand même il faut ramasser les morceaux ce matin. Arlequin a un mauvais goût dans la bouche, malgré le café. C'est l'armagnac qu'il a bu hier soir pour oublier le départ de Colombine qui lui fait des reproches. Il a mal à la tête aussi. Et le bruit des tessons et des morceaux d'assiettes qu'il verse dans la poubelle lui arrache la peau du crâne. Encore un café. Devant sa tasse, Arlequin réfléchit à ce qu'il va faire de sa journée :

— Colombine, c'est mort.

Comme il a faim, il trempe une biscotte molle dans son bol. La biscotte part en petits bouts. Il les regarde flotter, la tête entre ses mains.

— Colombine c'est mort mais moi je suis vivant.

Et tout de suite l'image de Clarisse lui saute en pleine figure. Il n'a plus mal à la tête maintenant. Clarisse est belle! Elle a… Elle a tout ce qu'il faut pour séduire Arlequin. Et d'abord c'est une femme. Encore jeune. Toujours accorte. Elle a deux yeux superbes (bien qu'Arlequin ne se souvienne pas de leur couleur), la taille bien prise. Et deux bras et deux jambes et pas de bosse dans le dos comme Polichinelle. Voilà ce qui suffit à notre Arlequin pour se précipiter dans la salle de bain et transformer sa gueule de pintade en jeune premier sémillant. Il sifflote sous la douche la cavatine de Barberine dans *Les Noces de Figaro* de Mozart :

— *L'ho perduta me meschina! Ah chi sa dove sarà?*

Et tant et si bien que, le savon sous l'aisselle dans le crépitement de la douche, notre Arlequin se prend pour une soprano. Et vas-y que je chante à pleins poumons :

— *L'ho perduta…*

Notre Arlequin ragaillardi, la bouche en forme maintenant, accorde sa guitare : eh oui, Clarisse n'est pas une fille facile. Il le sait bien, déjà deux fois il a tenté de la séduire. Sans succès.

« Ah, vous avez souri! Ne dites pas non, vous avez souri. Ah, c'est merveilleux! La vie est belle! Et vous êtes comme elle… si belle, vous êtes si belle vous aussi! Mais où allez-vous? C'est bien simple, avait répondu Clarisse, moi, je vais de mon côté et vous de l'autre. »

Il faut des accessoires et quand on a une belle voix comme lui, Arlequin, avec une guitare bien accordée, un crépuscule propice, une pleine lune qui vient cligner de l'œil, et un balcon qui se penche et s'allonge, mon Dieu, l'affaire se présente bien. Et puis cela ferait tellement enrager Colombine, dans les bras de son serrurier de rien du tout, de savoir que je file le parfait amour avec Clarisse. Parfumé, pomponné, la guitare sous le bras droit, une bouteille de champagne sous le bras gauche, le voilà qui sort de chez lui. Il a mis son plus beau costume d'Arlequin : vous savez, ce costume moulant de losanges multicolores : rouge, jaune, vert, bleu, orange, noir. Toute la gamme y passe. Il s'en va conquérir le cœur de Clarisse. Son succès ne fait aucun doute : Arlequin est célibataire maintenant, son cœur est tout entier disponible. Toutes les femmes du monde sur lesquelles il voudra bien se pencher doivent être prêtes à tomber dans ses bras ; ce soir le ciel s'est habillé en Scaramouche.

Hélas, Clarisse n'est pas à son balcon. Notre Arlequin chante bien une chanson mais en vain, personne ne sort. Il va à la porte et la demande. On lui répond :

— Madame Clarisse est partie.

Arlequin est fort dépité. La prise de la citadelle Clarisse s'est soldée par un échec. Même s'il n'existe pas de citadelles imprenables mais des assauts mal menés, lorsque la citadelle fait défaut...

Le voilà dans son costume — il va falloir que je le fasse reprendre un peu : il me boudine le ventre — de losanges multicolores assis à réfléchir. Et les réflexions d'Arlequin, vous commencez à savoir autour de quoi elles tournent :

— Cendrine... ce serait difficile, voire impossible : elle s'est mariée il y a deux jours. Pétronille est très gentille mais son mari est très jaloux : cela fait déjà deux fois qu'il m'a menacé de me casser la gueule. J'aime beaucoup Françoise. Je sais qu'elle viendra à ma première sérénade mais décidément elle est bien trop fatigante au lit...

Eh oui, notre Arlequin prend de l'âge : il s'essouffle dans les escaliers trop raides et dans les femmes trop molles. Il a une pensée pour Colombine qui le connait si bien... et débouche la bouteille de champagne.

Ne sachant trop quoi faire, vers qui aller, il gratouille sa guitare, boudiné dans son habit multicolore. La nuit, dans les rues et les calades de Bédoin, on peut faire de la musique longtemps avant que viennent l'inspiration et les femmes. Le temps passe et Arlequin se décourage. Il a chanté tout son répertoire et maintenant, la bouteille est vide. Il se sent tout seul et abandonné. Il est monté jusqu'à l'ancien cimetière, tout là-haut sur la colline Saint Antonin. Il s'assoit sur une tombe ; à main gauche le mont Ventoux et à main droite les dentelles de Montmirail. La lune est haute claire. Dans le dépit, il maudit le ciel, injuria les femmes et il fut entendu.

Arlequin eut peut-être de la chance ou bien non, allez savoir : ce ne fut pas Ava Gardner qui vint le visiter mais saint Pierre. Il n'arriva pas avec toute la clique qui convient à un saint millénaire, reconnu, pontifié. Pas avec tout son bataclan, éclairs, tonnerre, mais simplement, comme un voisin, les attributs à la main : le trousseau de clefs (avec une clef plus brillante et plus discrète que les autres clefs : c'est celle du Paradis), un poisson encore frétillant qui faisait des clins d'œil et un gros pavé. Je ne vais pas vous raconter maintenant saint Pierre que tout le monde connaît.

Le saint se penche et parle à Arlequin :

— Arlequin tu es pécheur.

— Oui, dit Arlequin en se levant, je suis pécheur.

Touché par la grâce il courbait la tête. Le poisson que tenait saint Pierre lui cligna de l'œil et rigolait.

— Alors, viens Arlequin et suis-moi. Nous allons te confesser.

Et notre Arlequin suivit le bon saint Pierre.

Ils arrivèrent devant l'église de Bédoin, juste en dessous du cimetière. Des lignes sobres, un style dépouillé, inspirée de l'église du Saint Nom de Jésus à Rome. Saint Pierre y est chez lui : il fit entrer Arlequin et ils s'assirent. Simplement, sur un banc devant le confessionnal. Et saint Pierre demanda :

— Arlequin, je te parle comme si tu étais mon fils, es-tu content de ta vie ?

Assis, les bras sur les genoux, Arlequin penché vers saint Pierre secoua la tête :

— Nan, saint Pierre. Je n'aime pas ma vie.

— Et Colombine, au fond de toi, tu l'aimes ?

Arlequin ne répondit pas, il réfléchissait.

Alors saint Pierre se fit plus précis :

— Arlequin, tu vieillis et Colombine aussi vieillit.

« C'est vrai, pense Arlequin par-devers lui, que Colombine vieillit et que j'adore tous ses petits plis. Autour des yeux, entre ses seins... Je les trouve beaux, émouvants. Et comme elle se donne du mal pour rester belle ! »

— Vous ne vous entendez pas trop mal à ce qu'on m'a dit. Tu es un peu volage et elle aussi mais tu crois que vous pourriez vivre ensemble sans trop vous disputer si vous faisiez un peu attention ?

Arlequin releva la tête, il avait presque les larmes au coin des yeux. Et il secoua la tête de haut en bas.

Saint Pierre sourit et du pouce lui traça une croix sur le front.

— Va et ne pèche plus.

Arlequin sourit, comme Pinocchio, il venait de passer à l'âge adulte.

Et voilà le miracle : son costume, les losanges multicolores, tombèrent aussitôt au sol. Arlequin s'en trouva ainsi débarrassé. C'est pour cela que dans l'église Saint-Pierre de Bédoin un vitrail, le deuxième à l'ouest, tous les jours que Dieu fait et qu'il y a du soleil, reflète sur le pavement les losanges de couleur de l'habit d'Arlequin.

Colombine est revenue, déçue des amours rustiques. Décidément Arlequin et ses petits baisers, ses bons petits plats, cela vaut mieux qu'un matou de passage même habile dans les serrures les plus difficiles.

Ils se sont remis ensemble, bien attentifs l'un à l'autre, évitant les petits mots piquants. Le temps a passé et maintenant, cela fait presque mille ans que notre Colombine file le parfait amour avec son Arlequin. Vous verriez ces attentions qu'ils ont l'un pour l'autre. On les dirait retombés tendres adolescents, ils ne voient pas le temps passer.

— Un gentil petit couple, dit leur voisine avec envie et admiration.

Et vous savez quoi, maintenant Arlequin a un vrai métier : il est libraire. Son costume bariolé est resté dans l'église, alors tous les matins il enfile un pantalon et met une chemise blanche, que Colombine lui a repassée avec amour. Et il s'en va raconter ce qu'il y a de merveilleux à lire ces petits caractères imprimés sur du papier blanc. Il ne vend pas des livres au poids, il donne du poids aux livres. Cela ne doit pas trop mal marcher : sa librairie va s'agrandir.

Tous les soirs de pleine lune, Colombine et Arlequin vont brûler un cierge à saint Pierre. Leur amour a porté ses fruits : ils ont une petite fille. Arlequin voulait l'appeler Fiordiligi.

— Et pourquoi pas Dorabella ? lui a crié Colombine qui garde les pieds sur la terre. C'est ma fille et elle s'appellera Stella, comme ma mère.

Arlequin en perdant son habit est devenu un bon mari. Stella, oui, c'est très joli après tout. Et il se penche pour embrasser le bébé.

La petite fille remonte la rue du four neuf. Il fait chaud, elle s'arrête devant l'église, la façade haute et sobre force le respect, éblouissante au soleil. Elle se glisse par la porte entrouverte, pose son cartable. Il fait frais. L'odeur douce de l'encens et de la pierre claire l'attire. Là, tout n'est qu'ordre et beauté. Un grand filet au plafond. Il n'y a personne dans l'église. Et les yeux de la petite fille se portèrent vers l'allée à main gauche : devant elle une grande tache multicolore où danse la lumière. Un arc-en-ciel de petits losanges scintille sur le sol.

Elle se rapproche, fascinée, et comme elle se sent bien et qu'elle est toute seule dans l'église, elle commence à sautiller sur les points lumineux en chantonnant, jouant à la marelle. Un magnifique jouet qui l'habille de couleurs de la tête aux pieds. Elle passe l'Enfer d'un saut et d'un frémissement atteint le Paradis dans un jaillissement de clarté.

Alors, elle se retourne, et fait une révérence en tirant sur sa jupe. Puis se relève, tire un peu la langue et déclare dans un pied de nez :

— Je suis Stella, la fille d'amour de Colombine et d'Arlequin.

Le sourire de Lucienne

Ce texte a remporté le Grand Prix de la ville d'Aubagne 2016.

Pour nous laisser du temps, dans l'éventualité que ce soit réellement le bon jour, ce matin, avant de quitter ma chambre, j'avais laissé un mot sur la table : « Ne vous inquiétez pas, je l'emmène à Fontaine de Vaucluse ».

J'avais déjà repéré que le minibus réservé aux excursions restait garé tout près de la sortie de secours. Chaque lundi, Isabelle conduisait le véhicule et emmenait un petit groupe dont je faisais souvent partie, constitué de quatre ou cinq personnes parmi les plus valides, pour se rendre au marché hebdomadaire. Je me sentais prêt, Lucienne était en forme, si on peut dire et la direction avait autorisé sa sortie par cette belle matinée au ciel dégagé. Le jour idéal me dis-je. Discrètement, j'avais emporté un gros gilet supplémentaire pour qu'elle n'ait pas froid et je m'étais moi-même habillé en prévision de la chute de quinze degrés à laquelle je nous destinais.

Le tour au marché n'avait pas été très long et le convoi qui avait péniblement déambulé en clopinant dans les ruelles du village fut rapidement de retour. Après s'être garée, Isabelle prit par le bras Mme Dumont et Melle Faure pour les raccompagner et je poussai l'ironie jusqu'à lui préciser de prendre son temps pour les installer dans leurs chambres respectives, Lucienne et moi pouvions attendre tranquillement. Les clés étaient restées sur le contact alors, je n'ai pas hésité... j'ai su que c'était le bon moment et l'envie, soudain, me prit d'accomplir ce que chaque jour, je me promettais de faire. Je passai au volant et démarrai doucement le minibus, conscient que les premières minutes seraient décisives.

Comme un cadeau du ciel, un camion de livraison bloquait l'entrée principale du parking et les véhicules du personnel, j'ai donc pu emprunter discrètement la sortie de secours, celle qui débouche sur la Route de Malaucène. Je m'efforçai d'apporter le maximum de concentration à chacun de mes gestes, cela faisait si longtemps que je n'avais pas conduit. D'un coup d'œil rapide, je constatai que Lucienne somnolait paisiblement, ce qui me rendait la tâche plus facile et je souris en réalisant qu'il n'y a pas que le vélo qui ne s'oublie pas. Je me sentais plutôt à l'aise malgré le gabarit imposant du minibus et je remerciais intérieurement tous ces moments d'observation minutieuse que j'avais accumulés stratégiquement à chaque sortie. Je passai devant la place des Frères Provane et le terrain de boules puis je franchis le rond-point encore bien encombré de touristes avant de m'engager enfin sur la Départementale 974, la Route du Mont Ventoux. Je devais absolument dépasser la bifurcation, à deux kilomètres, avant qu'ils ne soient à mes trousses car dès que notre évasion serait constatée, c'est par là qu'ils iraient nous chercher, vers la route de Carpentras, en direction de Fontaine de Vaucluse. Lorsque nous avons laissé la route de Flassan sur la droite, au carrefour du Galinier, j'ai su qu'une première étape était gagnée.

Bien sûr, nous étions venus quelquefois en balade, au hameau des Baux ou de Sainte Colombe ou même jusqu'au fameux virage de Saint Estève, mais il m'en fallait plus.

Pendant que nous attaquions la montée, je laissai les souvenirs affluer et je m'imbibai des émotions restituées. Les sensations étaient tenaces, tactiles ou sensorielles mais en tous cas, intactes. Gravées en moi, cachées dans les replis et les circonvolutions de mon cerveau, par chance préservé, mais toujours à fleur de peau. Je tournai la tête vers Lucienne, elle ne dormait plus et semblait regarder par la fenêtre. Je guettai en vain une réaction de sa part, pourtant, elle ne pouvait pas ne pas se rappeler. Cette route, forcément, avait laissé une empreinte quelque part, j'en étais certain. Alors, tant que je n'avais pas besoin de changer de vitesse, je posai ma main sur sa cuisse, comme elle l'avait fait tant de fois mais ce geste de tendresse n'a pas déclenché de réaction. Elle n'a pas eu de mouvement de recul et c'était déjà bien. La peur que je voyais si souvent s'emparer de son regard, l'affolement même que le moindre contact pouvait déclencher, me tordaient le ventre et le simple fait d'accepter ma main sur sa cuisse m'inonda de joie. Un instant, j'ai pensé faire un arrêt, mais non, pas ici, s'ils nous rattrapaient on serait forcés de rentrer et tout serait gâché. Il fallait continuer, aller jusqu'au bout.

Alors j'entrepris de lui rappeler tous ces indices précieux en lui racontant mes souvenirs, qui étaient aussi les siens. Peut-être que des évènements anciens, des choses marquantes de sa vie, m'avait-on dit, oui peut-être que des sensations lointaines seraient encore perceptibles... comme la première fois où nous avons parcouru ensemble cette route, serrés sur la selle inconfortable de la 650 Triumph, empruntée à Léon, mon meilleur ami. Au guidon de ce bijou, emblème d'une époque révolue, j'avais savouré cette ascension un peu folle et j'osai enfin lui avouer que pendant que j'enchaînais souplement les virages, j'étais bien plus troublé par ses courbes plaquées contre mon dos que par la puissance du bolide!

Et toutes nos escapades dans cette forêt du géant de Provence à gratter, au pied des pins centenaires, les bosses formées sous les amas d'aiguilles sèches par le chapeau fragile des lactaires délicieux qui sautaient allègrement dans la poêle quelques heures plus tard, tu t'en souviens? Et les cabanes de nos petits-enfants, derrière l'esplanade du Pavillon de Rolland ou dans les buissons touffus de Perrache? Et les promenades organisées pour cueillir les plaques spongieuses de mousse épaisse qui décoraient ensuite notre crèche de Noël? Et les journées d'été où la canicule étouffante nous poussait à monter chercher la fraîcheur en gravissant l'étroite combe de Curnier?

Et ce dimanche d'avril où nous n'étions encore que fiancés, on était montés pour « faire un panier de morilles » et une grosse averse nous avait poussés à nous mettre à l'abri dans la cabane de berger, au Jas du Roussas... dis, tu ne peux l'avoir oublié ? Par la suite, lorsque nous avons dû anticiper la date de notre mariage et que le jour des noces où il tombait encore un déluge, ton père a commencé son discours par « Dans notre famille d'agriculteurs, la pluie est un cadeau divin », personne n'a compris pourquoi nous riions autant !

Et les branches de houx dont la cueillette est réglementée mais qui nous tentaient, chaque année, avec la découpe piquante de leurs feuilles et leurs petites grappes de boules rouges ? Et cette fois, où tu chantais à tue-tête pour guider Suzanne qui se pensait perdue au milieu de l'impressionnante forêt ? Et les glissades des enfants, sur la piste de luge, derrière le Chalet Reynard, des moments tellement précieux. Et les multiples pique-niques que nous déballions après la marche, devant le Jas de la Couanche, au retour des séances de ramassage du bois ? Et les gros paniers de « boudougnes », les pommes de pin qui servaient à allumer le feu, à éclairer le feu comme on disait ? Et le brame des cerfs que nous allions surprendre à la mi-septembre vers la route de Sault, fascinés par ces cris puissants qui résonnent et vous prennent aux tripes. Tu te collais toujours à moi et cela faisait rire les petits : Papy et sa biche ! Et la transhumance des moutons, vers l'estive dans les nombreuses bergeries d'altitude, que nous ne manquions pas de saluer chaque année, tu t'en souviens ? Combien de nichoirs avons-nous installés afin de favoriser le développement des mésanges, l'oiseau prédateur des chenilles processionnaires qui dévastent cette forêt si précieuse ? Et les poèmes issus du célèbre Canzonière de Pétrarque que nous emportions souvent dans notre musette pour les savourer à l'ombre d'un cèdre ?

Toutes ces fois où nous sommes montés au Ventoux, dis ma chérie, tu t'en souviens ?

J'avais récupéré ma main car nous venions de franchir les « Sept Virages » et je me demandais pourquoi personne n'avait encore eu l'idée, comme dans la montée de l'Alpe d'Huez ou la descente vers les bouches de Kotor au Monténégro, de numéroter cette succession de virages jusqu'au sommet. Peut-être pour ne pas entamer le moral ou la détermination des cyclistes, de plus en plus nombreux à se mesurer aux ténors du Tour de France ? Et la « grande boucle » justement, t'en souviens-tu ? Les quinze fois où Le Tour a monté le Ventoux, j'étais là, les trois premières avec mon père mais pour toutes les autres c'est ensemble que nous avons encouragé les champions qui affrontaient les vingt et un kilomètres d'ascension. Tu étais encore plus mordue que moi ! La famille et les amis plaisantaient volontiers : « La route du Tour, pour le Ventoux, c'est Lucienne qui devrait faire les commentaires télévisés, elle en connait un rayon ! » Oui, tu étais imbattable sur les détails techniques : « Fatche ! Un dénivelé de mille six cents mètres avec une élévation moyenne de plus de 7 % et presque de 11 % par endroit, faut le faire ! » disais-tu avec enthousiasme. J'ai lu dans la presse que le Tour refaisait le Ventoux le 14 juillet 2016... où serons-nous en juillet ?

Cette route, je l'avais empruntée tellement de fois que je pouvais anticiper chaque virage et à travers les bois, il n'existe pas une draille qui me soit inconnue. Nous venions de passer le grand parking du Chalet Reynard et l'ascension se poursuivait maintenant à découvert, sur la tête nue et caillouteuse du massif calcaire qui lui vaut le surnom de Mont Chauve. Quelques voitures étaient garées à côté de la Fontaine de la Grave, chère à mon mentor, l'humaniste et entomologiste Jean-Henri Fabre dont une citation issue de son « Ascension au Mont Ventoux » se découvre sur la façade de la maison cantonnière. Pour me taquiner, tu m'appelais Jean-Henri en empruntant les mots de Jean Rostand pour dire que j'étais ton « grand savant qui pense en philosophe, voit en artiste, sent et s'exprime en poète ».

Je me concentrai à nouveau sur la conduite pour enrouler les neuf derniers lacets qui mènent au sommet. Le vent était absent et je m'en réjouis. Tu te souviens, ma Lulu, un lundi de Pâques où nous montions à pied par le chemin des Crêtes pour observer et comptabiliser les mouflons, le vent était si fort qu'au passage du col des Tempêtes j'ai bien cru que nous nous envolions !

Enfin, la cime, avec son imposante tour hertzienne, que les livres de géographie situent à 1912 mètres d'altitude, fut à notre portée. Heureusement, il n'y avait pas grand monde sur la plate-forme sommitale et je pus me garer facilement. J'emmitouflai Lucienne de son gilet et d'une bonne couverture trouvée sur la banquette, avant de manœuvrer le fauteuil roulant sur la rampe du véhicule. Un jeune couple nous observait.

Je poussai péniblement le fauteuil sur le chemin caillouteux et l'immobilisai juste devant la chapelle Sainte-Croix où chaque année, le 24 juin, le feu de la Saint Jean donne le départ à l'embrasement de tous les autres feux des villages de la plaine. Et là, je sus que j'avais eu raison.

Le ciel avait tenu sa promesse et l'horizon était absolument dégagé. Le regard de Lucienne se fixait sur chaque détail du paysage qui s'étendait devant nous. On distinguait parfaitement les sillons des rangées de vigne et de cerisiers, les miroirs des serres cultivées et les méandres du Rhône, vers Avignon ainsi que le ruban lointain de l'autoroute et la cheminée d'Aramon. Au loin, la vue s'ouvrait jusqu'à la mer qui se laissait deviner. Tout à coup, je le vis. Enfin! Un peu timide au début puis éblouissant et lumineux, épanoui comme au premier jour.

Le couple s'était rapproché et la dame me demanda :

— Bonjour, je peux vous aider? Dans les cailloux, ce n'est pas facile...

— Merci, mais on est arrivés. Par contre, vous avez peut-être un téléphone portable?

— Oui, tenez.

— Heu... je préfèrerais que vous appeliez pour moi, si cela ne vous dérange pas. Il faudrait leur dire que nous sommes à la cime du Mont Ventoux et que tout va bien.

Elle prit la carte de visite que je lui tendais et me regarda, étonnée :

— Maison de retraite Albert Artillan à... Bedoin? Et vous avez conduit le bus jusqu'ici?

— Ah, si vous saviez! Je suis prêt à déplacer des montagnes!

— Mais... pourquoi?

Elle aurait sûrement préféré un jour de pluie mais je ne voulais pas qu'elle prenne froid. En plus, le panorama n'aurait pas été aussi beau. La prochaine fois, je l'emmène à Fontaine de Vaucluse, elle aimait tellement contempler l'exsurgence de la Sorgue. Il faudra également retourner sur la plage de Beauduc où nous allions camper et faire aussi une sortie à l'Estaque, nous y avions un petit bateau. Mais pour une première, j'ai choisi notre belle montagne et l'évocation de tous ces moments qui ont rythmé nos cinquante-huit années de bonheur.

Un sacré programme...

Je ne peux me résigner à leur verdict mais je ne suis pas un vieux fada sénile et pleurnichard. Non, je ne ressasse rien, au contraire, je vais de l'avant, comme nous l'avons toujours fait. Les médecins m'ont dit que son présent était définitivement balayé par l'inondation brutale survenue dans sa tête, mais qu'avec un peu de chance, une ancienne émotion pouvait avoir été épargnée et pourrait resurgir. Il n'y a pas de tristesse, j'accepte, comme elle, c'est la vie, on ne sait pas à l'avance ce qu'elle vous réserve et heureusement d'ailleurs. Je voulais tout simplement le revoir...

Je comprends, monsieur, ce lieu est magnifique ! C'est important, je pense, de revoir ce panorama grandiose.

Mais vous n'avez pas tout saisi... ce n'est pas le panorama qui est si important à mes yeux. Non, ce qui est vraiment important c'est... le sourire de Lucienne.

Les cabanes

Lorsque la réalité prend l'allure d'un conte avec une main attentive qui remonte la couverture sur des petites épaules et la voix d'une grand-mère racontant l'île aux oiseaux et les cabanes de l'océan.

Le Bassin n'est pas une baie, pas une anse, pas une rade, pas un golfe, mes enfants. Et encore moins une crique, mes chéris. Le Bassin, c'est le Bassin. Le Bassin. Il n'y a que les Parisiens et les banlieusards pour parler du Bassin d'Arcachon. Nous, nous savons bien qu'il n'y a qu'un seul et unique Bassin au monde. Nous on dit :

— Je suis du Bassin.

Ou bien :

— Je vais au Bassin.

Et l'on sait de quoi on parle. On est entre gens.

Des pisse-froid de savantasses disent que le Bassin est une lagune. Moi je veux bien mais alors expliquez-moi pourquoi nous on dit Bassin si c'est une lagune ?

En tout cas, l'être humain, l'homme ne s'y est pas trompé : il y vit depuis près de trente siècles. Ce doit donc être un endroit bien agréable pour s'installer, fonder une famille, prospérer. Trente siècles : cela fait beaucoup de générations qui ne vont pas chercher ailleurs le bonheur.

Ici, il y a un ennemi naturel : l'océan et un allié naturel : l'océan. L'océan qui fournit poissons, huîtres, affluence touristique mais qui chasse l'homme à chaque nouvelle vague en grignotant, grain de sable après grain de sable, le sol sur lequel est bâtie sa maison ou bien lui déplace la dune qui vient alors saccager le jardin et les fondations de sa maison. Alors pas moins bête qu'un Hollandais, notre autochtone a trouvé une parade : les cabanes tchanquées.

Tchanquée, tu me demandes, mais qu'est-ce que ça veut dire ?

Quand j'étais petit, dans la cour de récréation quand on jouait au rugby on parlait d'un gars *tanqué*, c'est-à-dire *garrut*, solide, bien sur les appuis, large d'épaules. La pétanque, vous savez, là où nos vieux jettent leurs boules luisantes, son nom de pétanque viendrait de pieds *tanqués* c'est-à-dire serrés l'un contre l'autre. Il faudrait voir mais de *tanqué* dans le Lot-et-Garonne à tchanqué sur le Bassin, il n'y a qu'un roulement de marée. Un léger mascaret. C'est-à-dire des cabanes sur pilotis. Mais des pilotis solides, de ceux qui résistent au sel, à l'océan, à la marée.

Ce qui était une réponse à l'érosion est devenu une curiosité touristique : les deux cabanes tchanquées de l'Île aux oiseaux sont aussi photographiées – peut-être pas autant que la tour Eiffel – mais au moins autant que la dune du Pyla.

Alors pour vous endormir, mes enfants, voilà l'histoire des cabanes tchanquées de l'Île aux oiseaux. Cela remonte à un temps que même moi je n'ai pas connu. C'était il y a longtemps, très longtemps. Sur le Bassin, je me souviens encore de cette vieille dame qui faisait son potager avec cette coiffe en dentelle si blanche sur la tête, au visage si ridé et plissé, la peau qui semblait plus dure que le cuir, tannée par le sel et le soleil. Je me souviens aussi de ces drôles de bateaux fins et plats qui servaient à la chasse au gibier d'eau. Juste assez longs pour qu'un homme puisse s'y étendre sur le dos et s'approcher en tapinois du gibier. Mais cela est une autre époque, il y a déjà bien longtemps. C'était mon époque et l'histoire des cabanes tchanquées est encore beaucoup plus vieille.

Vos yeux brillent encore, il va falloir vous calmer. Toi, mets-toi bien sous la couverture. Et toi, change ta position, tu es tout tordu : jamais on ne s'endort tout tordu. Allonge-toi. Profite des draps frais, ils sentent bon, non ? C'est un des meilleurs moments de la journée que de pouvoir s'allonger dans un lit, savez-vous ? Surtout lorsque, comme vous, enfants de luxe, on s'est gavé de fraises à la crème. Ce n'est pas à moi de vous faire les gros yeux, moi je ne suis ici que pour vous endormir en vous racontant des balivernes.

Alors, commençons par le commencement : de tout temps, parce que c'était bon et qu'il avait faim, l'homme a puisé dans cette vaste armoire à nourriture que sont le Bassin et l'Océan. Et lorsqu'on en avait de trop, on pouvait le vendre ou bien l'échanger. Sinon, on rejetait les poissons qui ne sentaient pas bon dans l'océan. Hé oui, c'est comme cela qu'en plein cœur du Lot-et-Garonne, chez votre tante Gisèle nous mangeons les huîtres que vous aimez tant chaque dimanche que Dieu fait. Élever des huîtres, c'est un métier, un vrai métier, un métier dur. Vous avez vu hier les mannes, les détroqueurs, les parcs... quand nous les avons visités. Les huîtres, comme les tomates, les vignes... même avec beaucoup d'amour il leur faut un terroir. Terroir, c'est-à-dire de l'eau, du soleil, un sol, une terre, des marées... Et le meilleur terroir dans le Bassin pour élever des huîtres c'est tout à côté de l'Île aux oiseaux, là où l'océan donne le meilleur de lui-même, brasse et apporte le plancton mais où les tempêtes finissent en petits clapots, assagies par le banc d'Arguin. Nous avons donc un emplacement de rêve pour élever les huîtres avec d'un côté, à l'ouest, le Cap-Ferret et de l'autre, à l'est, Arcachon.

Si vous voulez, mes enfants, il y a en haut le Cap-Ferret et en bas Arcachon avec entre les deux le meilleur des emplacements pour l'élevage des huîtres. Du côté du Cap-Ferret, c'est la famille Ducamin qui avait la haute main sur les huîtres et de l'autre côté de la passe, à Arcachon c'étaient les frères Péreire. Tout se passa bien pendant fort longtemps mais arriva le jour où un des frères Péreire, je crois que c'était Émile, soit que c'était vrai, soit qu'il n'y voyait pas bien, soit qu'il n'ait pas encore dessaoulé de la cuite de la veille, cria ses grands dieux qu'on avait volé tout son parc à huîtres !

Il rentra aussitôt au port d'Arcachon. Prévint son frère. Ils burent force chopines et décidèrent d'un plan de guerre contre les Ducamin. Pourquoi les Ducamin, me demandez-vous mes enfants ? Je ne le sais pas trop. L'homme aime bien avoir des ennemis visibles, identifiables. Peut-être les frères Péreire étaient-ils jaloux des Ducamin ? C'était peut-être des piquets mal enfoncés, une marée un peu taquine, badine qui avait emporté les huîtres... Cela n'est pas très important. Après la quatrième chopine on parla de la sorcière : l'homme préfère toujours expliquer ses échecs par la sorcellerie. Mais Péreire l'aîné se souvint que deux jours plus tôt il était allé la voir pour... Enfin bref, la sorcière ne pouvait leur avoir été défavorable. De leur côté, il était arrivé une mésaventure semblable aux Ducamin qui, eux aussi de chopine en chopine, arrivèrent à la même conclusion :

— Nous allons monter la garde de jour comme de nuit sur l'Île aux oiseaux pour surveiller nos bancs d'huîtres.

Ce qui fut dit fut fait. Et nous voilà les Ducamin et les Péreire, en chiens de faïence, passant une nuit de guet, de colère et de rage à moins de cinq cents mètres les uns des autres. Pas d'armes à feu mais quelques jolis modèles de triques et de ces cordes nouées dont le moindre coup vous jette un homme à terre. Même si on s'envoya quelques injures que couvrait la montée de l'océan, il ne se passa rien. Le lendemain matin, la relève arriva. Mais la relève, ce sont des employés qui, même s'ils aiment leurs patrons, n'auront jamais la même implication pour quatre bouts de coquilles d'huitre. Et les patrons une fois rassurés sur la surveillance des bancs laissèrent la bride sur le cou à leurs employés. Un jour, deux jours, trois jours, ça va. Mais bon, on s'ennuie un peu et on est industrieux et habile de part et d'autre. Certains fabriquèrent des pièges à cayocs mais même cuit très longtemps, le cayoc reste dur comme du chien. Ce fut Laroche, le régisseur qui le premier demanda à Péreire l'aîné :

— Patron, plutôt que de rester à rien faire à surveiller les parcs, plutôt que de gratter les cracoys de la pinasse, on pourrait pas construire une cabane ?

Il faut vous dire que Laroche n'est pas exactement du pays : il vient de Biganos – il y a au moins vingt kilomètres tout plat à travers les landes et les pins –, un petit être trapu, court sur pattes, brun de poil, la grosse moustache tombante, le menton jamais bien rasé. Rouge de face ronde. Avec les yeux clairs d'un bon chien, attentifs et intelligents. Oui Biganos, à l'orée de la forêt des Landes avec tous les pins tout autour. Alors, vous pensez, le bois, il en connaît un rayon !

Et plutôt que de laisser leurs employés désoccupés, les patrons dirent :

— Oui, pourquoi pas. Commencez, nous verrons bien.

Les premiers déchargements de bois pour les pilotis sur l'Île aux oiseaux effrayèrent ceux d'en face :

— Mais qu'est-ce que c'est ? Qu'est-ce qu'ils vont faire ? C'est sûrement une machine de guerre qu'ils nous fabriquent à voler les huîtres !

On alla alors chercher les fusils en ayant bien soin de ne pas les charger. Même si l'on sait se défendre sur le Bassin, on a le respect de l'autre jusqu'au premier sang. Aussi, on observa les agitations de piquets, la charpente... Et comme l'idée d'élever une cabane semblait bonne, il aurait été idiot de ne pas la suivre. Une seconde cabane tchanquée commença à se dresser. Juste devant l'autre, en face à face, bien évidemment. Les employés qui ne partagent pas volontiers les haines patronales – tout à leur bon sens de terroir d'artisans – en vinrent à discuter, se prêter du matériel, se donner des coups de main. Et le dernier clou enfoncé, la veille de la crémaillère officielle, les employés se retrouvèrent tous à chanter, à rire, à manger des huîtres et à boire sur l'Île aux oiseaux. Il y eut un grand feu avec les restes des charpentes. Je crois bien qu'ils chantèrent et rirent si fort que la migration de la huppe gerboise s'en trouva un peu perturbée.

Remonte-moi ta couverture, là, bien au-dessus de l'épaule : ce n'est pas parce que nous sommes au mois de mai qu'il faut t'enrhumer.

Le lendemain, jour de l'inauguration officielle, pour la pendaison de crémaillère, à marée basse, les deux familles, celle d'Arcachon et celle du Cap-Ferret, vinrent en leur complet. Il y avait là tout un cortège de vieilles filles, de tantes, de gamins se traînant par terre et d'enfants à marier. Les vieux célibataires ou bien veufs ne comptaient pas pour beaucoup. Et les vieilles filles…

Eh oui, lorsqu'on a un peu de bien dans ces temps-là, on ne marie pas son enfant, qu'il soit fille ou bien garçon, à n'importe qui. Et de part et d'autre de l'Île aux oiseaux, chez les Péreire et les Ducamin il y a du bien.

Tu es en train de t'endormir mais quand même tu me demandes ce que c'est que « le bien », hein ? Coquin de petit, va. Déjà les sous t'intéressent, c'est ça ?

Le bien, tu vois, c'est la terre, les champs, c'est l'entreprise, les huîtres, c'est la ferme, les relations, les clients… Le bien, il a été difficile à gagner par les parents et les grands-parents et personne ne veut qu'il s'évapore. C'est un des aspects de l'éducation bourgeoise : apprendre à ses gamins que l'argent c'est important et que de le garder et d'en gagner davantage, cela demande d'être raisonnable. On tète cela dans le sein de sa mère.

Je me lève et je vais voir à la porte de la chambre : les « grands » continuent de parler en bas autour de la table. Tout va bien : je peux finir tranquillement mon histoire.

Alors, si l'on y réfléchit un peu, c'est logique que les deux crémaillères se déroulent le même jour au même moment : d'abord il y a la marée avec qui aucune discussion n'est possible car aucune de ces dames – nous sommes avant ce siècle et même dans celui d'avant – ne voulait mettre un maillot de bain ou bien planter une bottine de cuir dans l'eau du Bassin. Et les deux familles, les Ducamin et les Péreire, voulaient être les premiers possesseurs de l'Île aux oiseaux. Les premiers habitants. Ils furent ex aequo. À l'aller comme au retour. Nous allons le voir.

Après l'apéritif d'honneur sur de grandes tables en tréteaux, chacun évitant de regarder la cabane de l'autre, ce fut Laroche, le contremaître qui se permit :

— Dites, patron, vous ne voulez pas aller visiter leur cabane ? Elle est moins bien que la vôtre, bien sûr. Mais bon, comme ça vous pourrez voir que j'ai fait du bon boulot dans la nôtre. Il clignait de l'œil assez fort.

Laroche était fier de lui, de ce qu'il avait fait, et en Landais modeste et réservé, il attendait les compliments.

On envoya des émissaires – il y a bien deux cents mètres entre les deux cabanes – qui firent ce qu'il y avait à faire. En grande pompe, on se reçut, on servit à boire, on écouta, on parla, et après avoir trinqué chacun alla visiter la cabane de son voisin : très content de la sienne mais donnant force compliments à son nouveau voisin. On en profita pour échanger sur le commerce (ça eut payé mais ça paie plus), la dureté de la vie (ah! mon bon monsieur), les employés qui vous volent (vous avez de la chance avec votre petit Laroche, vous savez, je vous le débaucherais bien), les huîtres qui vous attrapent des maladies que seuls les estomacs de Parisiens sont susceptibles de détecter (ces Parisiens : ils attrapent le mal de mer en ouvrant une boîte de sardines à l'huile)… On fit amis, on se rabibocha. Et, grande sagesse, personne, même ayant un peu bu, ce qui n'arrive jamais aux alentours de l'Île aux oiseaux, ne parla d'huîtres perdues, volées, disparues.

Mais ceux qui firent le plus amis ce furent les jeunes gens et les jeunes filles perdus dans cette Île aux oiseaux.

Pensez donc, pour un Ferretcapien traverser l'embouchure pour aller à Arcachon, il n'en est pas question! Et dans l'autre sens, pour une Arcachonnaise, même si elles ont un certain charme et sont confortables, cela est impossible!

La double crémaillère de l'Île aux oiseaux fut comme l'île des Faisans du mariage de Louis XIII dans la Bidassoa : le mécanisme était enclenché, impossible de revenir en arrière. Il y eut des sourires timides, des yeux qui se détournent, des joues qui rougissent. Nous sommes il y a longtemps, vous savez : il n'y eut même pas de frôlements de doigts. En ce temps-là le bronzage était la marque des pauvres : un noble ou bien un bourgeois – et encore plus sa femme et sa fille – devaient être d'une pâleur à voir palpiter les fines veines bleues à ses tempes. Du mois de mars au mois d'octobre on ne se déplaçait que sous ombrelle. Hors les jours de pluie où l'ombrelle se transformait en parapluie. Enfin, sur cette Île aux oiseaux, entre jeunes gens et jeunes filles, l'on se plut et même un peu plus, je crois. On se rapprocha, on se chercha. Les amours étaient difficiles en ce temps-là. Personne ne fit sa coquette. Il y avait des besoins à assouvir.

Et vers la fin de la journée, alors que la marée s'approchait et que ces dames s'affolaient car il fallait partir, les pères, rouges de soleil, se prirent à part. Ils avaient le verre à la main et le cigare à la bouche. C'est ainsi que l'on traite les meilleures affaires, n'est-ce pas ? Entre gens qui se comprennent. On ne parla plus jamais d'huîtres perdues dans les bancs de l'Île aux oiseaux mais de mariages.

Maintenant, tout va pour le mieux dans le meilleur des mondes de part et d'autre entre Arcachon et le Cap-Ferret.

Les deux cabanes tchanquées sont toujours là, face à face. Racontant au monde qu'on peut bâtir sur le sable, prendre sur l'océan. Qu'il faut laisser du temps au temps, que regarder, écouter et comprendre sont les trois plus beaux verbes de la langue française après celui d'aimer.

Bien évidemment il y a eu des mariages et aussi des bébés. Le premier bébé est une fille. Ses parents ont choisi Gisèle pour son prénom.

Et vous savez qui, le parrain ?

Laroche, le contremaître, celui qui a bâti la première cabane. L'église était sombre mais je crois bien avoir vu rouler deux grosses larmes sur ses joues quand on posa le bébé dans ses bras.

Mais vous dormez, mes enfants...

La couverture est remontée, les baisers déposés sur les fronts. Je sors, je marche sans bruit, je fais le tour de la cabane. Ma main caresse la rambarde, le bois poli par le temps et le sel, comme un amant. Il fait bon. Le vent adoucissait la nuit. L'océan, qui n'est plus l'océan mais pas encore le Bassin, venait battre les piles dans une douce tendresse. Demain nous mangerons des huîtres.

Ah ! L'un… ou l'autre ?

Ce texte a remporté, en 2018, le Prix du Gai Savoir. Titre attribué à la catégorie « humour » au Concours International de Littérature, organisé par Regard.

Permettez-nous quelques légèretés grammaticales afin de retranscrire une conversation qui n'a d'intérêt que sa naïveté naturelle et spontanée. En effet, ce court récit étant le reflet d'une petite discussion et non une œuvre littéraire rigoureusement cadrée, nous avons accordé aux deux protagonistes des digressions prosodiques légèrement polissonnes et plutôt éloignées des conventions. Nous présentons nos sincères excuses aux linguistes, aux puristes de l'orthographe ainsi qu'aux esthéticiennes et aux… « Alain », les remerciant par avance du sourire qu'ils voudront bien offrir à ce texte un brin malicieux.

Deux esthéticiennes papotent en attendant leurs clientes, à l'institut :

— Tu m'avais parlé d'amour fou avec Alain…

— Vouii, au tout début, à l'introduction je pourrais dire, l'histoire semblait très belle. D'accord, nous en étions encore à l'incertitude mais quand nous sommes passés à l'intime, tout s'est compliqué, pourtant j'pensais pas à l'inconvénient ...

— Ahh... Des fois, j't'assure, vaut mieux filer à l'indienne !

— Ben, j'ai vite crié à l'imposteur et j'ai rompu. Ensuite j'ai vécu une vraie série noire. J'ai sympathisé avec mon voisin, Alain Specteur qu'il s'appelait, il posait plein de questions, une vraie fouine, il me fixait et même si j'avais rien à me reprocher, j'me sentais coupable.

— C'est flippant... J'ai vécu un truc de ce genre avec un Alain aussi, mais c'était pas le même nom, attends... Quisiteur, je crois, des questions à n'en plus finir, épuisant, le mec !

— Tu me diras, avant lui c'était pas mieux, Alain Proviste, il débarquait n'importe quand, je savais jamais.

— Pas facile pour s'organiser...

— Depuis, je fonctionne à l'intuition.

— T'as raison, faut se fier à l'instinct.

— Quand je réfléchis, c'est drôle la loi des séries, parce que des Alain, finalement, j'en ai ma claque. L'an dernier j'ai vraiment cru au grand amour, Alain Parfait, avec un nom pareil, normalement c'est le rêve sauf qu'avec lui, c'était no futur.

— Moi, j'te dis, faut vivre le moment présent...

— Du coup je l'ai largué, c'est du passé.

— C'est simple...

— Oui, je réponds à l'impératif et le reste, basta !

— Faut se méfier... faut toujours penser à l'imprévu...

— L'autre coup, j'y ai encore cru, à l'intrigue, il avait aussi un bien joli nom, pourtant chuis pas du genre à croire à l'improbable, tiens il s'appelait Puissant, difficile de trouver mieux mais c'est dommage, c'était encore un Alain. Il était mou ce type, mais mou! J'avais tout le temps envie de le secouer mais y avait rien à faire....

— Ahh, l'un dans l'autre, c'est pas facile...

— Là où j'ai rigolé, c'est avec les frères Térieur, l'ainé, encore un Alain, un mec fermé, j'étouffais mais avec son frère Alex, on sortait tout le temps!

— C'est bien, faut de l'ouverture d'esprit...

— Regarde ma sœur, cette godiche, elle est complètement accro à, à... Alain Ternette, et je crois bien que ça vire à l'inquiétant car elle en parle tout le temps!

— Fichu prénom, j'te jure! Tiens, ma cousine, tu sais, celle qui est infirmière, ben elle a failli pas s'en remettre, elle a rencontré un Alain, Curable je crois, il était intraitable ce mec, t'imagines! Il avait un machin à l'intestin, chsais pas, ils ont essayé de le soigner à l'infrarouge mais c'était pas gagné, à l'impossible carrément. Les toubibs, ils disaient qu'il résisterait pas à l'infection ils ont même tenté un nouveau truc à l'insuline. Elle a pensé à l'interner tellement c'était grave mais elle risquait d'être mise à l'index qu'elle disait, alors elle l'a quitté pour échapper à l'intolérable.

— Des fois, faut faire confiance à l'intellectuel, ma grand-mère disait que le mien avait un pote en ciel mais je l'ai jamais rencontré.

— À l'inverse, faut pas rêver à l'introuvable...

— Mouais... Dis, c'est quoi ta prochaine cliente?

— Un soin des mains, c'est son copain Manu qui lui a offert une cure, et toi?

— M'en parle pas, une épilation qu'elle m'a dit, offerte aussi par son copain et devine quoi, c'est encore un Alain!

— Ah bon! On le connait?

— Voui... Alain... Tégral!

— Aïe! Aïe! Aïe!

J'avais peint des morts

Traces de vies.

Je connais Vallotton depuis bien longtemps : nous faisions les quatre cents coups ensemble quand nous avions vingt ans et que nous étions aux Beaux-Arts.

Lui était doué pour la peinture, moi pour faire la bombe. Nous avons chacun suivi notre chemin, et, je me porte assez bien, ma foi, après cette guerre qui nous a un peu trop abîmés. C'était sur les boulevards, il était vingt et une heures passé, la douceur du soir de juillet descendait. Un temps à s'arrêter prendre un bock à la terrasse d'un café, prendre le temps de vivre, regarder ces jeunes femmes qui passent même si maintenant je suis trop vieux pour leur courir après. Trop vieux, peut-être pas, non, mais trop lent, c'est certain. Il me reste le bonheur de les suivre du regard si je ne peux plus les suivre tout simplement.

Je bois mon bock, quel plaisir que la première gorgée de bière, comme celui du thé dans lequel Proust trempe sa madeleine, ce plaisir s'estompe à chaque nouvelle gorgée.

Un peu d'accalmie sur les boulevards et je tourne la tête. Dans le coin, à gauche, devant une pile de soucoupes, un homme triste en moustache, blanc et maigre. Un encore plus vieux que moi, qui ne fait pas envie. Il relève la tête et nos regards se croisent. L'opalescence de son verre traverse son regard pour courir jusqu'à moi, il me scrute, les yeux fixes. Nous échangeons un mouvement, certains l'un et l'autre que nous nous sommes déjà rencontrés quelque part. Il prend une grande gorgée et je commande un autre bock :

— Garçon, un bock !

L'homme se lève et s'approche de ma table :

— Tu ne me reconnais pas ?

— Non !

— Vallotton.

Je fus stupéfait : mon camarade des quatre cents coups avait vingt ans de plus que moi !

Il a eu un sourire d'une infinie tristesse et m'a demandé :

— Je peux ? et s'est assis à ma table.

Nous nous sommes regardés comme deux vieillards qui ont traversé une guerre. D'un geste, il a renouvelé les consommations et, après la première gorgée, il a commencé son récit :

— Tu te souviens, avant la guerre, j'étais un peintre et un graveur reconnu. Je ne sais pas quel diable m'a pris, mais à la déclaration de guerre, je me suis porté volontaire aux armées. Tu penses, j'avais quarante-neuf ans. Qu'est-ce que tu veux qu'ils me fassent faire ? Et bien, ils ont trouvé, le Ministère des Beaux-Arts m'a envoyé en tournée sur le front. Je devais « rendre compte de notre effort de guerre ». C'était assez bien, j'avais l'impression de me rendre utile en peignant de petits tableaux, en faisant des gravures patriotiques.

D'une gorgée, il vide son verre, il pose sa main sur mon genou et me fixant droit au fond des yeux, il continue :

— Tout a bien été, jusqu'au camp de Mailly…

Sa voix se serre dans sa gorge, il sort un mouchoir de sa poche et essuie une larme. Un sanglot, il se reprend :

— Garçon, la même chose.

Nous avons regardé les promeneurs qui défilaient devant notre terrasse. Il serait passé la plus jolie fille de tout Paris, nous ne l'aurions pas remarquée. Une sourde angoisse me serre le cœur.

— Veux-tu savoir ce que j'ai vécu, là, au camp de Mailly ?

Sa main sur ma cuisse se fait insistante. Je fais « oui » de la tête. Comme l'on nettoie son âme lorsque l'on va à confesse, mon camarade Vallotton s'est mis à me raconter :

Mon Dieu ! Je les vois et aucun ne regarde.

Le camp de Mailly est immense, il est aussi grand que Paris.

Verdun est à cent trente kilomètres du camp : on ne peut pas entendre les tirs de canons. Mais il résonne, dans le silence de l'attente, une tension de guerre.

Les soldats sénégalais, les tirailleurs sont regroupés dans la partie la plus méridionale du camp.

Ils sont là et ils attendent. Le ciel au-dessus d'eux est froid comme la mort. Nous sommes pourtant au mois de juin. Ils sont assis à même la terre. Le sol crayeux, usé par les marches et contremarches, blanchi, ressemble à de la neige. Nous sommes au mois de juin et j'ai froid pour eux, à les voir recroquevillés ainsi. Ils attendent. Ils ne parlent pas, ou si peu.

Nous sommes bien loin de ces joyeux sauvages volubiles que se plaisent à nous décrire nos explorateurs : ces « Ya bon » dont le beau sourire rayonne sur les boîtes du chocolat Banania. Des âmes simples et candides, enfantines, dévouées comme des chiens.

Arraché tout jeune à sa famille, enlevé du gîte, affamé d'affection, enchaîné jour et nuit aux mêmes compagnons, rompu par l'appareil militaire, le jeune Nègre se suspend à la voix et au geste de l'officier qui sait le caresser et améliorer sa soupe. Nos éleveurs de chiens utilisent depuis longtemps cette méthode qu'ils dénomment *renforcement positif.*

Du bon sauvage, il ne reste au camp de Mailly, que la force physique, la confiance et le courage. L'insouciance s'est envolée. Elle est partie lors du premier combat.

Les tirailleurs sénégalais sont montés à l'assaut, comme ils savent le faire, avec vaillance et désordre. La belle chéchia rouge au-dessus de leur visage sombre en a fait des cibles faciles pour les fusils des boches. Ils sont tombés avec un grand sourire étonné.

Au matin, après avoir passé une nuit sous la pluie glacée, le ventre dans la boue, transis par le froid, ils sont partis comme une trombe à travers les mitrailleuses qui les fauchaient, les obus qui les écrasaient. Renversant tout sur leur passage, ils sont allés pendant mille deux cents mètres, jusqu'à ce qu'il n'en reste plus. Ils ont été superbes, ils n'ont été dépassés par aucune troupe : sous la neige pendant trois jours et trois nuits, ils sont morts face à l'ennemi, sans une plainte.

Ce doit être un nouveau contingent de tirailleurs qui vient d'arriver au camp de Mailly : ils n'ont pas encore recouvert leur chéchia rouge d'un manchon de drap bleu foncé, beaucoup plus discret lorsqu'on monte à l'assaut avec le ciel pour témoin.

L'armée, à Mailly, s'occupe bien de ses enfants. La chair à canon est choyée. Il y a de la viande à tous les repas, du vin. Et du tabac aussi, dans des petites boîtes cubiques grises : le Gris. Ce tabac brun, viril, noir, qui craque entre les doigts. Dont on peut se glisser une pincée dans la narine, pour obtenir un éternuement libérateur et joyeux, presque comme un petit orgasme. Les premières fois, les tirailleurs riaient de bon cœur de leurs éternuements. Maintenant le jeu est usé.

Dans un paquet de Gris, il y a là-dedans de quoi remplir une bonne trentaine de pipes et, entre deux bouffées, se souvenir du pays où l'on est né et où l'on a grandi.

Oublier qu'ici, à Mailly, il fait froid. Froid, tout le temps même au plus fort de l'été. Oublier que la joie et l'insouciance sont restées en Afrique, que la France, mère des Arts, des Armes et des Lois, nous traite comme des esclaves, bons à aller découper du boche dans les recoins du Fort de Douaumont.

Mon Dieu! Le Fort de Douaumont!

Une ignoble boîte de béton. Je suis certain que, dans cent ans encore, ceux qui y pénétreront se sentiront mal, oppressés, le cœur vacillant. Saisis par cette fascination ambiguë de la souffrance et de l'héroïsme. Trop de gens sont morts dans cette boîte de béton, cette casemate. Trop de gens y ont hurlé leur souffrance. Leurs cris, leur âme sont encore là, tapis, attendant une libération, guettant les visiteurs, les suppliant d'emporter un peu de leur douleur avec eux.

Fort de Douaumont. Le front était calme, j'ai pu le visiter. Au deuxième couloir, je suis sorti en courant et j'ai vomi. Pourtant, c'était un jour où il faisait beau, les oiseaux, car il y en a encore sur le front de Verdun en juin 1917, chantaient, insouciants.

Je les vois et aucun ne regarde.

Je suis là, pour aider la France, mon pays. Je suis trop vieux pour aller me battre. J'aide comme je peux avec ce que je sais faire, mon métier : peintre. C'est dérisoire. Impossible de peindre aujourd'hui une bataille. C'en est fini des glorieux tableaux de Napoléon au Pont D'Arcole, de la bataille de San Romano d'Ucello.

Le siècle a tourné, Victor Hugo est mort et enterré.

Aujourd'hui, notre guerre est sale, lente, laborieuse et besogneuse.

Nous ne payons même plus des mercenaires, nous faisons venir notre Force Noire de nos colonies d'Afrique.

Et, résignés, la pipe à la bouche, les tirailleurs attendent dans ce froid qui ne les quitte plus. Attendent pour mourir. Pour mourir seuls, loin de leur pays, de leur famille ;

tomber morts entre des plantes dont ils ne connaissent même pas le nom.

Je suis descendu de ma chambre, j'ai été les saluer. Je leur ai dit qui j'étais, ce que je venais faire ici. Cela les a intéressés. Et comme ils me serraient la main, leur sourire et leurs rires sont revenus :

— Y a personne pour trouver bonne une guerre comme celui-là, guerre pour rester toujours même place, dans la terre, sans marcher, laver, dormir, rien. Y a personne français, personne sénégalais, personne allemand.

— Tu connais les Allemands ? ai-je demandé à Bokari.

Bokari a ouvert la bouche en grand : une partie de sa mâchoire manquait ; puis il m'a montré sa main gauche : il y restait trois doigts.

— Moi blessé à Arras et moi hôpital Dijon avec Allemands.

Je suis incapable d'un tableau héroïque, bien que je sache la vaillance de nos soldats. Je vais faire une petite toile de 46 cm sur 55. Ils seront immobiles avec leur haute taille, leurs postures africaines, leur force, leur impassibilité.

Ce goût amer dans ma bouche.

Ceux que je vois de ma fenêtre et qu'aucun ne regarde.

Ici, tout le monde ira au front.

Au front ! Comme s'il suffisait de relever la tête pour être courageux.

Quand la mort te frôle à chaque instant, quand tu vois tomber ton compagnon à côté de toi. Mort. Quand tu restes une semaine à côté de son corps, la couleur des chairs, l'odeur, les mouches, les vers. Tu vis dans la boue et le corps se décompose à la face du ciel et tout ce que tu peux faire c'est endurer. Il faut être fort pour ne pas en revenir ou bien méchant, ou bien fou.

La boue, le sang, la gangrène, la souffrance et les mille petites malices qui permettent de les éviter.

Les Sénégalais ne connaissent pas ces mille petites malices qui allègent les misères des poilus. Ils ne connaissent qu'une douceur : se tenir serrés les uns contre les autres autour du numéro de leur bataillon, comme autour d'un feu, le dos tourné aux menaces du sort. Qu'un accident arrache l'un d'eux à sa compagnie et dans tous les cas, il veut y rentrer, fut elle à la pire place, sous les balles, elle lui apparaît comme un refuge : la quitter volontairement lui semblerait un suicide.

Et ces tirailleurs, que je vois de ma fenêtre, tous savent cela. Et ils restent là, patients, consommant de l'immédiat. Voilà un bel enseignement de la religion musulmane.

J'ai pris les couleurs des Nabis : vives et joyeuses. Le bleu un peu clair et le rouge vif des chéchias, alternés, pour ressortir sur le sol crayeux et sur ces baraques grises, concentrationnaires. Un petit tableau organisé en V, qui s'ouvre vers le ciel, à cour. Les baraques, derrière eux, toutes en lignes parallèles, pour les tenir prisonniers.

Rendre le froid, le mal-être de ces pauvres tirailleurs. Leurs attitudes africaines, leur patience.

Aucun d'entre eux ne devrait revoir son pays : ce soir, le commandant lors du dîner, m'a dit qu'ils devaient être envoyés à Verdun, au Chemin des Dames. Demain matin.

J'avais peint des morts.

La boule au creux du ventre, lourde, énorme. La gorge qui se serre. Impossible de parler.

Je suis rentré dans ma chambre, sans allumer la lampe. Sans oser soulever le rideau, je suis resté à guetter.

Ils sont venus tôt ce matin. Les tirailleurs sont sortis. J'ai entrebâillé le rideau : il y a eu un appel. Le soleil se levait, beaucoup frissonnaient et qui, fermement à l'appel de leur nom, répondaient :

— Trahoré ?

— Présent !

— Sidibé ?

— Présent !

Et, une fois l'appel fini, ils sont partis vers Verdun et le Chemin des Dames.

J'avais tiré les rideaux et ouvert la fenêtre, ils sont partis, au pas, du pas des tirailleurs sénégalais.

Plusieurs ont agité la main vers moi, ils avaient de beaux sourires.

J'ai agité le bras, moi aussi. J'ai pleuré. Ils étaient morts.

Le tableau n'était pas encore sec. Dérisoire.

Le tableau de Félix Valloton, représentant les Soldats sénégalais au camp de Mailly, 1917 est exposé au musée départemental de l'Oise, à Beauvais.

Le gant d'hirondelle

Petit clin d'œil poétique et léger. La douce liberté côtoie la maturité tolérante, le temps d'une rencontre où chacun semble le complément de l'autre.

Trois marches mènent au perron qui dessert nos deux appartements. Le mien est situé sur la droite, en face, se trouve celui d'une fée…

Depuis quelques mois déjà, je guette ses pas. Je connais ses horaires, ses habitudes solitaires et la musique de ses petits souliers lorsqu'elle gravit notre escalier.

« Allez lui parler ! » Me direz-vous, « Lancez-vous ! Et vous serez fixé … » Mais non, je ne peux pas. Moi, le vieux bonhomme à barbe grise, l'ancien marin qui dans le rhum, en silence noie son chagrin…

Un beau jour, sur notre première marche, j'ai trouvé un gant. Un des jolis gants fins, en soie rose poudré dont je la voyais se vêtir, chaque matin. Et tout de suite, j'ai eu mal pour sa petite main rendue vulnérable dans ce froid matinal. Après avoir longuement humé le délicat accessoire, en fin de journée, je l'ai replacé, sur la deuxième marche, accompagné d'une rose à peine éclose. De loin, à travers ma fenêtre, je l'ai vue ramasser l'objet égaré et porter la fleur jusqu'à son joli petit nez. Pauvre vieux fou...

Le lendemain, sur la troisième marche, j'ai déposé ces quelques mots :

« Mettez vos douces mains dans les miennes
Pour qu'un bout de chemin nous surprenne,
Mes pensées et mon cœur vous soutiennent.
Ainsi, plus jamais ni le froid ni les peines
Ne vous encombreront de tourments.
Devenus inutiles, les jolis petits gants
Pourront rejoindre les souvenirs
En libérant le précieux sourire
Que je guette en rêvant... »

Elle s'est alors lentement dirigée vers la droite, j'ai ouvert ma porte et sans un mot elle est entrée. Comment a-t-elle su que la rose et les mots venaient de moi ? Mystère des ondes, magie des fées... Depuis, ses visites m'inondent de bonheur et de paix. Libre et sans contrainte, elle vient picorer ma tendresse m'offrant en retour sa jeunesse.

Que demander à l'hirondelle qui va et vient à tire d'aile, m'honorant au passage d'une bouffée de jouvence car dans ses jolis yeux, enfin, je vois le bonhomme... moins vieux !

Et cela me va comme un gant !

Par-delà la barre

Un immuable rendez-vous où s'exprime le rêve d'une vie. L'arbre de bois vivant, perçoit ce que le banc de bois mort n'ose pas exprimer. Et eux seuls avaient compris.

— Regarde, dit l'arbre, il n'est pas venu aujourd'hui.

— Toi, tu le vois d'en haut et moi je sens ses fesses, répondit le banc. Et crois-moi il va venir.

Les petites vagues, même pas un ressac, vinrent mourir dans le sable. Il y eut un long silence entre l'arbre et le banc. Le ciel empli de nuages virait aux teintes de la nuit. C'était l'heure où les lions vont boire.

Et l'on entendit un Toc! Toc! régulier et délicat.

L'arbre frémit et dans un souffle :

— Il arrive.

Le Toc! Toc! s'approchait. Le banc frissonnait d'aise à attendre le poids des fesses.

Au loin, l'océan battait son rythme. Régulier, lent, inhumain. Au pied du banc, venaient mourir les clapots.

Toc! Toc! Il prenait son temps, content d'être là, content d'y être arrivé. À s'asseoir sur son Banc et sous son

Arbre. Il prit soin de saluer ses plus fidèles compagnons. C'était un plaisir qu'ils partageaient tous les trois depuis longtemps maintenant. Une cérémonie de bienvenue. Tout comme après le coucher du soleil, il y aurait une cérémonie du « au revoir » à laquelle ils croyaient tous les trois. Les vieillards et les chiens aiment les rituels.

Après avoir flatté le tronc de l'arbre et le bois du banc, il s'assit. Et la canne entre les jambes il regarda le large. Là-bas, loin. Par-delà la barre. Là où il avait toujours voulu aller. Par-delà la barre. Il voyait au loin les vagues hautes et fortes et, à ses pieds leurs derniers frémissements.

— Il commence à rêver ? demandait l'arbre.

Et le banc lui répondit :

— Chut. Il est parti par-delà les océans.

Assis, le buste droit, la canne de bois entre les jambes, le chapeau sur la tête, il était parti.

Comme tous les matins, ce matin il s'était levé en remerciant le ciel d'avoir mal dans tout son corps car comme disait son père :

« Si l'on a mal, c'est bon signe, mon fils, c'est qu'on est vivant. »

Puis une toilette de vieillard, une serviette mouillée, un peu de savon. La routine, en silence. Enfant, il n'aimait pas le silence mais les échecs de la vie lui avaient appris son apaisement. On s'habille, on déjeune, une pause, une bricole à faire et voilà qu'il est déjà l'heure d'aller voir la barre. Le temps de trouver le chapeau et la canne, un peu de retard et l'on se presse pour retrouver l'arbre et le banc.

« Eux, ils ne m'ont jamais lâché. »

Plus le temps avance et plus le temps semble court et les distances longues. Chaque journée d'un bébé d'un an représente 1/365e de sa vie ; chaque journée d'un enfant de dix ans représente 1/365e de sa vie, multiplié par dix. C'est-à-dire 1/3650e. Alors pour un vieillard… chaque journée devient si courte que le temps finit par ne plus exister.

L'arbre et le banc, eux, restaient là, comme immuables. De plus en plus loin et de plus en plus proches en même temps.

« C'est une étrange chose que cela : penser au temps, il va falloir que j'y réfléchisse. »

Le banc soupira d'aise. L'arbre eut un frémissement de bienvenue. Ils se retrouvaient tous les trois complices. Au loin la barre grondait. Le buste droit, il l'apprécia comme un adversaire de choix. Son meilleur ennemi. Celui qu'il combattait depuis qu'il l'avait vu pour la première fois. Le vent faisait frissonner sa narine. Il aimait l'air du Bassin, ce mélange d'océan, d'algues, de hagne et de coquillages.

Déjà, enfant, il venait s'asseoir ici, sur le banc et sous l'arbre, pour réfléchir à franchir la barre. Jamais il ne l'avait franchie. Coincé au fond du Bassin. Gamin de rien, né à Gujan Mestras et plein de bonne volonté, un patron l'avait engagé à son douzième anniversaire. Un métier rude, en plein air, en pleine mer. Un métier de marin. Un métier du Bassin. Levé à pas d'heure selon la marée, la mère qui porte le bol de café au lait et le verre de gnole aussi. La grand-mère coiffée de la benèze, le père qui va chasser le canard dans son étrange embarcation. Les yeux qui piquent, brûlés par le soleil. Les muscles qui pleurent blanc, les coupures des doigts qui saignent – le sel du Bassin refuse la cicatrisation – et il avait supporté ça, il avait aimé ça. Il aimait l'océan, il aimait son Bassin : le flux, le reflux, la caresse des vagues sur la coque, les embruns, les marées, le ciel... Les odeurs qui vous chavirent, les couleurs. Ces couleurs du Bassin : les plus belles du monde.

Sa peau devint vite comme celle de sa grand-mère, de sa mère et de son père : craquelée comme celle d'un crocodile, dure au mal, avec cette imprégnation brune que nous envient tous les estivants.

Le large. Par-delà la barre. Passer l'embouchure. Là-bas, il y a un océan et tout au bout l'Amérique. Il en rêvait. Comme Christophe Colomb découvrant les Amériques. Vainqueur glorieux il foulait la terre nouvelle. Il regardait le large, fermait les yeux, aspirait l'air marin, penché vers l'ouest. Il était un homme aspirant.

Et chaque soir où il était au port, il y revenait, s'asseoir sur le banc et sous l'arbre. Regarder la barre. Pour la franchir, aller au-delà.

Mais bon gamin, bon gars, il avait suivi tout ce qu'on lui disait. On lui avait proposé une femme :

— Une femme de chez nous, et elle sait y faire, lui avait dit sa mère.

Il avait à peine dix-huit ans et des besoins aussi. La fille n'était pas vilaine, des yeux qui disent « oui » et le corps qui frémit. Il lui avait parlé de la barre. Elle l'avait écouté. Elle avait souri, s'était penchée et en posant sa main sur sa joue l'avait embrassé.

— Mon beau chéri, tu sais, on fera tout ce que tu voudras.

Elle était brune, elle était blanche. Elle lui avait passé les envies de son corps. Il se sentit ridicule dans un costume qui ne lui allait pas et qu'il ne connaissait pas, sur les marches de la mairie de Gujan. Mais il avait pris du plaisir à cette relation régulière et non tarifée, à l'accueil d'une maison qui l'attend et qui sent bon. À cette femme qui même si elle n'est pas la plus gracieuse, est là à vous attendre, avec cette figure d'amour.

L'amour, il ne l'aimait pas trop :

— L'amour, c'est pour les riches, disait-il. Moi, je veux le large.

Ce ne fut pas un mari très sensuel. Là n'était pas sa chose. À peine le mariage signé, voilà son premier enfant en route. Un garçon, le premier choix du roi. Il ne put pas partir :

— Maintenant vous avez charge d'âme, lui dit sa mère.

On lui a alors proposé une petite affaire – toujours cabotage et pêche sur le Bassin. Sa femme, enceinte du deuxième et sa mère firent ce qu'il fallait : le voilà à remplacer et faire le travail d'un patron défaillant. Et toujours, chaque soir prendre le temps de venir s'asseoir sur le banc et sous l'arbre en regardant la barre pour évacuer le pénible de la journée et penser à demain. Poussé par les uns, pressé par les autres, il gardait ce temps sur le banc et sous l'arbre pour lui. Une méditation.

— C'est bien quand il vient, hein ?
— Je l'adore.

La vie a passé. Ses enfants sont grands maintenant et bien mariés. Sa femme est morte. Il ne l'a pas remplacée : ce qu'il aime toujours c'est le large, le banc et l'arbre.

« Vous êtes bien maintenant. » C'est ce que lui disent les gens.

Il a gagné de l'argent. Il pourrait s'offrir une croisière à travers les sept mers, par-delà la barre. Non, il reste seul, à venir s'asseoir sur un banc de bois et sous un arbre avec sa canne, devant la barre qu'il n'a jamais franchie. Et la barre, à chaque rouleau qui vient mourir à ses pieds lui murmure :

— Vieil homme, regarde par-delà. Regarde ce continent que tu ne connais pas. Ce continent dont tu as toujours rêvé…

Et elle le tente, lui jette sur le sable des bouts de bois flottés, si beaux.

Le vieil homme ne bougeait pas, il restait là. Il faisait bon, un vent câlin berçait la douceur du soir. Il consommait de l'immédiat, il profitait de l'instant. Il y eut un petit éclatement que personne ne sentit. Sauf son cœur. Il passa comme on tourne une page.

Le banc glissa :

— Tu crois qu'un jour il pourra franchir la barre ?

Et l'arbre, dans un frémissement de ramage, répondit :

— Chut. Je crois qu'il s'est assoupi. Mais non. De toi à moi. Ne lui dis jamais. Je n'y crois pas.

Ce fut le temps du crépuscule, de cette lumière de l'entre-deux, entre chien et loup.

Là où les ombres prennent corps.

Le Temps et la Nuit

Petit intermède poétique et léger.

Que dites-vous ?

Le Temps et la Nuit ?

Que s'est-il passé entre le Temps et la Nuit, par une nuit sans lune ?

Ahh ! C'était donc ça…

— C'est bien son absence qui rend la Nuit si dense, répétait sans cesse le Temps. Si je t'aide, ma belle, en modulant ma course, retrouveras-tu celle qui nous guide et nous pousse ?

Mais la Nuit s'affolait, privée de clarté, elle implorait le Temps, craignant de sombrer dans une profonde et cruelle obscurité :

— J'ai perdu ma lumière, désormais, comment vais-je briller ? Point de repos salutaire sans sa présence régulière, répondait-elle tristement.

Alors le Temps, remède universel, sut alléger la souffrance de sa douce complice en jouant de malice :

— Chères amies les étoiles, dissipez donc ce voile, dansez, valsez, illuminez celle qui même dans l'ombre veille, généreusement et sans compter son temps. Dit-il fièrement.

Ainsi, à n'en pas douter, la course du temps s'est accélérée en une farandole endiablée. Galopant, virevoltant jusqu'à nous ramener, légers comme une plume, tous les rayons de la lune.

Alors la Nuit, sensuelle et langoureuse, enveloppa lentement le Temps, lui murmurant des mots doux, berçant son âme de pensées amoureuses, le câlinant aussi longtemps que celui-ci en devint fou !

Il en est ainsi, depuis la Nuit des Temps.

Pensées lapidaires

Ce texte a été récompensé au Concours de Nouvelles des Journées du Livre de Sablet 2019

N'avez-vous jamais senti, dans l'effort d'une promenade, au détour du chemin, lorsque vous marquez une pause à l'abri d'une vieille construction, ce petit moment d'abandon, cet instant d'entre-deux, où vous ne faites qu'un avec ce qui vous entoure ?

Voilà ce que vous auriez pu entendre :

Avec mes sœurs, les unes serrées aux autres nous affichons une harmonie éclatante. Notre force ? La main de l'homme, oui oui, la main de l'homme. Asseyez-vous, je vais vous expliquer.

Patiente et docile, je sais me tenir. Cela ne m'empêche pas de m'envoler, de laisser mon esprit rêveur planer librement dans le souffle du vent et de palpiter au rythme des chaudes journées d'été où l'affluence devient presque insupportable. Patiemment, j'emmagasine la chaleur qui m'aidera à résister aux morsures du gel hivernal.

C'est un maçon-poète qui m'a placée là, un amoureux un brin taquin qui a joué avec les ombres et les formes de mes congénères et de moi-même afin d'offrir au visiteur un ensemble parfait. Je suis encastrée sur la face intérieure de la troisième ligne du porche de la chapelle Sainte-Croix, au sommet du mont Ventoux.

De notre arche, nous veillons depuis des lustres sur les promeneurs curieux qui défilent à nos pieds et soufflent un instant avant de repartir dans la contemplation du panorama. Point de repère pour les égarés, lieu de rassemblement et de repos, notre positionnement se révèle hautement stratégique. Souvent, les marcheurs s'assoient un moment, quelques-uns nous observent méticuleusement, jaugeant le minutieux travail des bâtisseurs et d'autres encore profitent parfois de cet écrin insolite pour déclarer leur flamme et s'enlacer passionnément. Nous devenons alors les témoins muets d'innombrables secrets tendrement murmurés, le soir par quelques romantiques attardés. Le concepteur-poète m'a caressée de sa grosse main râpeuse qui, lorsqu'elle m'a découverte, inerte dans le tas d'éboulis de la vieille chapelle détruite, a évalué attentivement l'intérêt que représentaient ma forme allongée et ma couleur tirant légèrement vers le gris.

Ma première vie, je l'avais déjà passée en pieuse position où, depuis le XVe siècle j'étais au centre de l'abside de la précédente chapelle, détruite avant d'être reconstruite cinq cents ans plus tard. Un long sommeil. Inanimée depuis si longtemps, j'étais prête à accepter n'importe qu'elle place sauf celle d'atterrir aux déchets et de tristement finir aux remblais. Mon sauveur m'a d'abord soupesée, époussetée et finalement sélectionnée pour m'offrir ce poste de choix, poursuivant avec joie ma mission œcuménique initiale.

Certains diront que je suis quelconque, insignifiante à côté de mes cousines dites « précieuses ». Effectivement, malgré la richesse de ma composition à prédominance carbonatée, renforcée de quelques pointes d'ocre se mêlant subtilement aux cristaux de quartz, je n'ai pas l'éclat ni la brillance du rubis, mais l'art lapidaire serait-il supérieur à l'architecture poétique ? Oui, il me plait d'imaginer que la construction de cette chapelle est plus poétique que religieuse, ainsi chacun peut laisser libre cours à ses idées, ses convictions et croyances car la poésie est universelle et sans aucune limite. À mon humble avis, les deux sciences, lapidaire et architecturale, pourraient être complémentaires et nous serions alors regardées avec le même respect. D'ailleurs, certaines d'entre nous sont appelées « les gemmes », les j'aime…

D'horribles expressions s'emparent de notre nom : « Avoir un cœur de pierre » exprime une dureté d'âme tandis que la nôtre est si douce. « La pierre tombale » donne souvent froid dans le dos alors que les familles granitiques ou marbrières s'efforcent en toute bonne foi de protéger les sépultures aux yeux des vivants tout en offrant aux défunts un ultime hommage par un refuge esthétique et minéral. Sans parler des métaphores scientifiques pour nous accuser de troubles organiques sévères au nom bizarrement mathématique ou étymologiquement gréco-poétique tel que calcul rénal ou lithiase biliaire. N'importe quoi ! Encore plus choquant, ce florilège de mots péjoratifs véhiculant une idée de bassesse insupportable qu'expriment « caillou », « pavé » ou autre « caillasse ». Quelles insultes !

Pourtant, je suis très fière de mon nom, féminin lorsqu'il est commun, devenant mystérieusement masculin en acquérant l'état dit de « nom propre ». Autre détail surprenant, pour le féminiser, les hommes lui accolent le suffixe « ette », utilisé aussi pour signifier « quelque chose de plus petit », amusant n'est-ce pas ?

Ce noble nom fut offert au premier apôtre ainsi qu'au premier pape de l'histoire et à une bonne centaine de saints. Il fut aussi porté par une dizaine de rois et de nombreuses personnalités influentes. En dehors de toute connotation religieuse, le plus beau des cadeaux s'exprime par le fait qu'un grand nombre d'individus portent ce joli prénom, le plaçant à la troisième place des attributions dans l'hexagone et encore actuellement, presque huit cents petits garçons sont appelés ainsi chaque année. Je peux bien être fière !

Remarquez, nous sommes parfois d'humeur espiègle. Je sais que certaines comiques s'amusent à s'incruster dans les lentilles ! Mais ce sont les petites, elles sont fougueuses et mutines, il faut leur pardonner. D'ailleurs toute la faute n'incombe pas à la race minérale, beaucoup sont de mèche avec les dentistes…

Voyez, ici, de ma position, je suis à l'affût. Je me sens extrêmement bien placée pour tout contempler et par temps clair, la vue s'étire jusqu'à la mer. Privilège de vivre au sommet du Géant de Provence qui attire tant d'admirateurs passionnés. Encore hier, un groupe s'est rassemblé sur le parvis pour lire lentement une partie du premier volume des *Souvenirs entomologiques* de Jean-Henri Fabre, relatant *Une ascension au mont Ventoux*, une merveille. Nous avons discuté, enfin, surtout eux, moi j'écoutais patiemment.

Les poètes et les pierres partagent une qualité que le commun des humains nous envie : nous sommes immortels.

La Provence chérit le culte de la pierre et c'est heureux car les pierres sont présentes partout, en murets, en bories, en margelles, en monuments et en chapelles. Nous sommes l'opposé du jeunisme à la mode, car l'âge nous embellit, renforçant notre patine et arrondissant nos aspérités. Parfois, un coussinet de mousse s'amuse à nous recouvrir, alors, l'osmose minérale et végétale est parfaite, favorisant ensuite la vie animale qui se réjouit d'y trouver refuge.

Une autre de mes cogitations se dirige vers les artisans qui nous vénèrent. Ils peuvent être carrier, tailleur, joaillier ou diamantaire selon à quel moment de notre vie ils interviennent mais ils sont tous nommés « lapidaires ». Sans oublier les collectionneurs, les dénicheurs, ceux qui, à l'occasion d'une balade, nous gratouillent, nous observent et nous glissent au creux de leur poche pour une raison obscure, nous exposant ensuite dans une vitrine, sur une étagère ou sur leur bureau.

En tout cas, ici, l'impressionnante calotte pierreuse offre à notre mont Ventoux une blanche auréole visible de très loin et même par avion, laissant croire que sa cime est recouverte de neiges éternelles. Encore une facétie du calcaire provençal rendant immaculée la partie sommitale du Géant. Sans parler des nombreux pierriers qui jalonnent les combes du Ventoux.

Qui a dit que les pierres sont inertes ? Balivernes ! Regardez-les bien, elles expriment toujours quelque chose. Et pour celui qui vient jusqu'ici déposer ses prières et ses pensées, nous faisons le maximum afin qu'elles soient entendues. Ne dit-on pas que les murs ont des oreilles ?

Tout au long de l'année, la chapelle Sainte-Croix reçoit dignement ses visiteurs mais c'est à la Saint Jean, le 23 juin, que l'animation est la plus belle. Et c'est d'ici, sentinelle de Provence, que l'étincelle embrase les fagots apportés lors de la *Recampado*, donnant le signal pour allumer tous les feux des villages alentours. Alors les pierres chauffent et leur blancheur reflète le feu et la lumière sur tous les visages des pèlerins qui chantent et dansent au-dessus des flammes et les histoires vont bon train.

Au soir du 23 juin dernier, un poète m'a même parlé de la pierre philosophale, il a promis de m'expliquer, mais… chut ! Ceci est un secret lapidaire.

Guérison réciproque

Les pires tourments ne sont pas toujours ceux que l'on voit.
Le bon sens et l'empathie sont parfois la meilleure des thérapies, en voici un exemple avec cette surprenante histoire.

La première fois, je n'ai pas pu sortir un mot, je n'ai fait que pleurer. Il me regardait sans sourciller, impassible et froid et je me disais : Mais qu'est-ce que tu fiches ici ? Il n'a rien dit non plus, il a placé devant moi une boîte de mouchoirs en papier et attendait en silence. À la dérobée, j'observais le bonhomme au visage rond, aux cheveux rares et au regard bienveillant qui semblait me dire « N'aies pas peur ». Vêtu d'une chemise bleu ciel sur un pantalon gris foncé, il affichait un embonpoint évident, quelques cheveux gris qui ne recouvraient pas son crâne et une façon étrange de me regarder. Je n'avais toujours pas prononcé un mot, à part un murmure de bonjour en lui serrant la main. Puis il a commencé à parler tout seul, de la pénibilité à circuler, de la police qui patrouillait régulièrement dans sa rue pour épingler les gens mal garés, enfin, de tout un tas de banalités, mais il causait et moi, j'écoutais, paralysée. Il avait un parler franc, argotique même, bien éloigné des tournures pompeuses qu'on entend habituellement de la bouche d'un homme de sciences. Il disait *flics, fric, merde, font chier...* La pièce ressemblait à un vieux gourbi avec des meubles anciens, dépareillés, une cafetière encore allumée posée sur un antique réfrigérateur, un désordre évident, des piles chancelantes de bouquins à même le sol, une banquette en cuir qui avait fait son temps et en la voyant, je pensais au nombre de personnes qui avaient dû vider leur sac et leurs soucis au creux de cette méridienne hors d'âge. Lorsque les quarante-cinq minutes se sont trouvées écoulées, il s'est levé, a attrapé une bouteille au frais et m'a servi un verre d'eau en me disant :

— Vous n'avez pas dit un mot mais vos yeux ont tellement parlé... Je sais que cela donne soif.

— Merci.

— Cela fera quarante-trois Euros, pris en charge à soixante-dix pour cent par l'Assurance Maladie, le reste par votre mutuelle, si vous en avez une.

Il a rangé mon chèque dans un tiroir et m'a tendu une main que j'ai sentie ferme mais chaleureuse.

— Venez, vous pouvez sortir par la terrasse et même y rester le temps de reprendre vos esprits avant d'aller retrouver le grand costaud qui patiente péniblement dans la salle d'attente.

— Merci...

— Mercredi prochain ? Même heure ?

J'ai musardé un bon moment sur sa terrasse, me demandant ce que ce genre d'entretien pouvait bien avoir de bénéfique. Puis je me suis extraite de mes cogitations pour rejoindre mon mari et nous sommes rentrés à la maison, dans un épais silence. Le mercredi suivant, j'appréhendais un peu le rendez-vous... S'il s'agissait de pleurer bêtement pendant trois-quarts d'heure, je pouvais très bien le faire chez moi, pas besoin d'aller me liquéfier misérablement devant un étranger, fut-il un éminent psychiatre. Mais une petite voix intérieure me disait « Vas-y, lâche-toi, tu n'as rien à perdre, essaie... le premier pas est franchi, tu ne vas pas flancher maintenant ». L'envie de baisser les bras était d'autant plus grande que Laurent n'approuvait pas cette démarche « Quel besoin d'aller déballer tes soucis enfouis dans les poches de notre linge sale, à un mec, en plus ? » m'avait-il lancé. Je crois bien que c'est justement cette petite phrase qui m'a donné l'impulsion nécessaire pour continuer et tenter un décrassage libérateur.

À la deuxième séance, je n'ai pas pleuré mais je n'ai pas parlé non plus. Il me regardait, je le regardais, observation mutuelle, expression silencieuse mais très explicite d'un malaise profondément caché au cœur de mes tripes. Il portait encore une chemise bleue dont les boutons tendaient fortement le tissu au niveau de sa brioche proéminente. Je ne sais dire pourquoi mais j'ai toujours pensé que les gens un peu ronds dégagent une aura, et son regard indulgent semblait le confirmer. Je me répétais « Allez, trouve quelque chose à dire... » mais, rien, je cogitais, j'observais, je décortiquais ma vie, je pensais à nos trois gosses, aux fins de mois difficiles, à la cantine à payer, aux verres de whisky que Laurent s'envoyait chaque soir depuis quelques temps et à nos disputes qui démarraient dès qu'il attaquait le troisième. Je me sentais aspirée dans cette descente lente et progressive sur la pente glissante d'une existence merdique, empoignée par un ras le bol qui me collait à la peau comme une infâme combinaison néoprène pour une plongée en eaux plus que troubles. Alors, par où commencer ? Que dire ? Que j'étais en apnée depuis plusieurs années déjà et que je manquais d'air ? Que ses yeux compatissants justement, me prouvaient que j'étais du mauvais côté du bureau, dans le fauteuil du malade, de celui qui a des problèmes et qui décide de se « faire suivre », faites attention justement, ne me suivez pas car vous risquez de dégringoler avec moi. Qu'est-ce qui ne va pas ? Tellement de choses que je ne parviens même pas en sélectionner une seule. Une question plus facile serait : qu'est-ce qui marche bien ? Et voilà, le temps était écoulé, le psy s'est levé et m'a servi un verre d'eau.

— Cogiter donne soif aussi. Semaine prochaine ?

— Merci. À mercredi.

Terrasse, salle d'attente, regard inquisiteur de Laurent, retour au bercail, pâtes à l'eau pour les enfants et moi, pâtes au whisky pour lui... Je devrais peut-être essayer ? Mais qui s'occuperait alors de notre vie pourrie ?

Pour la consultation suivante, j'ai obtenu d'y aller seule, cela m'épargnait le « Alors ? » qui me tombait dessus dès mon retour en salle d'attente, comme-si, en franchissant la porte du cabinet vous ressortiez complètement transformée, libérée, soulagée... « Alors ? Tu es guérie ? « Quoi alors ?

Le fait de venir seule m'a permis de respirer et de reprendre mes esprits avant d'endosser à nouveau mon uniforme de super-maman-femme-parfaite, dont mes petites épaules ne remplissent qu'à demi la stature. C'est aussi à partir de là qu'il a commencé à me parler :

— Vous savez donc conduire ? Et même vous garer dans cette ville d'Avignon où le stationnement n'est pas une sinécure ?

Et bla-bla-bla, il s'est mis à me raconter toutes les anecdotes accumulées au cours de ses trente ans d'exercice en centre-ville et tous les travers de l'épuisante recherche d'un parking urbain. À ma quatrième visite, lorsque je me suis assise dans le fauteuil face à lui, il m'a dit « Tiens, la jolie brune aux jolis seins et aux yeux qui parlent ! » J'étais plutôt interloquée, je ne lui avais jamais parlé et cette réflexion n'allait pas arranger les choses. Il a ensuite attaqué : « Je suis sûr qu'on ne vous dit jamais que vous êtes jolie parce que le grand costaud est un *con*, oui, un grand *con de mec* qui ne mesure pas le trésor qu'il a dans les mains. Les hommes sont des abrutis et les femmes n'ont rien compris ! Ce sont les femmes les plus fortes ! Mais vous ne le savez même pas ! Il faut taper du poing sur la table et vous faire respecter, je ne sais pas quel est le problème, mais la force, c'est vous qui l'avez. » Je le regardais, toujours sans dire un mot. Il m'a raconté encore tout un tas de réflexions imagées sur les relations hommes-femmes et à la fin de la consultation, en me serrant la main il m'a dit « Bon, je vous ai un peu bousculée mais c'était nécessaire. Par expérience je sais que soit vous pensez que je suis un vieux fou détraqué et je ne vous reverrai plus, mais ça m'étonnerait, soit vous allez vous bouger et faire changer les choses. Au revoir. »

Au fil des rencontres, il portait inlassablement une chemise bleu ciel sur un pantalon gris, la salle d'attente résonnait souvent d'une rareté évidente de clientèle et le cabinet de consultation croulait sous un désordre impressionnant.

Petit à petit, j'ai commencé à parler, à lui répondre en fait. Nous discutions de tout, sauf de mes « problèmes » et c'est sûrement ce qui m'a fait du bien. Pourtant, je sentais, sans pouvoir en expliquer la raison, que ces conversations anodines frissonnaient d'une puissance cachée. Après une dizaine d'entretiens où nous n'abordions rien de sensible, il m'a demandé :

— Imaginez que demain une somme astronomique tombe directement du ciel dans votre poche, que faites-vous ?

— Ben... Je ne sais pas trop...

Au bout de quelques minutes d'introspection, une idée pointait :

— Je financerais les cantines pour offrir la gratuité dans tous les restaurants scolaires.

— D'accord, mais quoi d'autre ? Quelque chose de fou, d'insensé, d'irraisonnable, allez-y, tout est permis...

— Je... oui, je ferais construire des écoles et des dispensaires dans tous les villages du monde.

— Oh ! Vous êtes affligeante ! Pas rigolote ! Je vous propose de réaliser LE rêve inimaginable et vous n'avez que des désirs de Mère Teresa ! Vous ne sauverez jamais l'humanité toute entière, d'ailleurs elle ne le mérite pas ! Le monde est moche et tous les gens qui sont posés dessus ne sont que des fourmis microscopiques qui ne feront jamais vibrer l'atmosphère ou changer le cours du temps, alors si je vous accorde un truc de fou, soyez plus folle que moi, bon sang !

— Désolée, je n'ai pas de désirs exubérants, j'aimerais que mes enfants soient heureux et par extension, que tous les enfants de la Terre le soient, que la vie rayonne, s'illumine d'un bonheur simple et accessible, qu'elle soit plus facile, c'est tout. Si... je sais... j'ai toujours rêvé de faire du théâtre, mais Laurent trouve que c'est nul et inutile, que c'est une perte de temps et d'argent, alors, je me suis fait une raison et je n'en parle jamais. Mais je vous retourne la question : « Et vous, que feriez-vous de fou si demain vous gagniez brusquement une somme colossale ? »

— Moi ? Intéressant... Je ferais construire un restaurant géant, ultra-perfectionné où le simple fait d'en rêver, vous installerait devant le plus raffiné des menus. Je me baignerais dans des bassins remplis des plus grands crus du monde, je me ferais péter la panse sous une avalanche de babas au rhum et je passerais toutes mes nuits câliné par une armée de femmes lascives !

J'étais morte de rire ! Il a continué :

— Dans votre tête, vous avez tous les droits, même les plus indécents, même les plus fous, surtout les plus fous d'ailleurs ! Si vous rêvez d'une coquine troisième mi-temps en intimité avec tout le Quinze de France, rien ne vous en empêche, si vous souhaitez vous balader en voiture de course, foncez, même si vous êtes à poil dans la bagnole, allez-y ! Vous présidez à l'Elysée, si cela vous chante, habillée en Prada ou avec une plume d'autruche pour seul vêtement, et vous pouvez même vous la planter où vous voulez, la plume... Faites les choses pour vous, faites ce dont vous avez envie, bien sûr pas tout le temps et dans la limite du raisonnable, là, c'était de la provocation pour vous faire sortir de votre carcan mais allez-y, à fond ! Pour le théâtre, il existe des associations parmi lesquelles vous pourriez trouver des cours à des prix tout à fait abordables.

— Laurent n'apprécierait pas et ce serait encore déclencher de nouvelles disputes, alors, je n'ose même pas aborder le sujet. J'ai horreur du conflit.

— Parfois, il faut savoir pousser... Si vous en éprouvez l'envie, exprimez-là et s'il s'énerve, tapez du poing, tenez voici mes mains, je vous les offre, regardez : vous les posez bien à plat sur la table, sans agressivité cela ne sert à rien, mais avec juste une bonne dose de détermination. Comme ceci :

Il s'est levé et a posé ses mains à plat sur le bureau, ce qui l'a fait se pencher un peu vers moi, il me regardait droit dans les yeux et m'a dit en détachant lentement chaque syllabe :

— JE VAIS FAI-RE DU THÉÂTRE PAR-CE QUE J'EN AI EN-VIE DE-PUIS LONG-TEMPS ! Voilà ! Ce n'est pas difficile. Vous y arriverez. Désolé mais on a très largement débordé sur le rendez-vous suivant, ce n'est pas grave mais réfléchissez et nous en reparlerons. À mercredi ?

— D'accord, merci. Oui, à mercredi.

Le soir même, après avoir partagé ma casserole de purée dans les cinq assiettes, j'ai suivi ses conseils, en posant mes mains bien à plat sur la table. Je tremblais un peu à l'intérieur, vous savez, cette petite vibration de peur qui frétille au creux de l'estomac, mais j'ai tenu bon, je voyais les grandes mains de mon psy posées à côté des miennes, en sentinelles et je n'ai pas flanché. Laurent et les enfants m'ont écoutée, stupéfaits de mon déterminisme et du ton volontaire qui est sorti tout seul de ma bouche. Le lendemain, je suis allée au centre culturel voisin me renseigner sur les cours proposés, le mien m'attendait pour les vendredis soirs, clin d'œil amusant aux magnifiques soirées passées chez mes parents en regardant le fameux « Au théâtre ce soir » avec les célèbres « décors de Roger Harth et les costumes de Donald Cardwell ». La secrétaire m'a même accordé un tarif privilégié. Ce fut une véritable révélation. Moi, la timide caissière, si coincée que je parviens tout juste à balbutier un souffle de « bonjour », dès le premier cours, j'ai donné la réplique sur « L'école des femmes » ; et je me suis étonnée moi-même d'entendre ma voix, claire et assurée. Je venais d'intégrer la troupe de Molière.

La semaine suivante, j'ai dû annuler mon rendez-vous du mercredi car mon fils le plus jeune était malade, celle d'après c'est mon planning qui a été modifié au supermarché et je n'ai pas pu venir non plus. Trois semaines ont passé pendant lesquelles Laurent s'est un peu secoué. Vous croyez aux ondes, aux anges gardiens qui veillent sur nous sans que jamais on ne les voie ? Je n'y croyais pas vraiment non plus, les bonnes fées n'ont pas dû se pencher sur mon berceau à ma naissance, pourtant, insidieusement, à la maison tout était plus calme, Laurent surtout avait changé, il rentrait plus tôt et ne buvait que du sirop. À table, on discutait, les enfants rigolaient et les pâtes ou la purée n'ont jamais été aussi bonnes !

Au bout d'un mois, j'ai pu enfin honorer mon rendez-vous hebdomadaire. Mais dès qu'il m'a ouvert la porte, j'ai été alertée par sa mine chiffonnée, son teint cireux, ses yeux vitreux et son élocution embrouillée. Il titubait presque. Au lieu de se diriger vers son fauteuil il s'est mollement affaissé sur la banquette que je n'avais moi-même jamais utilisée. Je l'observais et réfléchissais à la conduite à tenir en pareil cas lorsqu'il m'a tout déballé :

— Je suis paumé... Lessivé, rincé, essoré. Je suis un détritus, une *grosse merde*! Voilà quinze ans, ma femme m'a plaqué, mes enfants m'ont tourné le dos lors d'un divorce qui n'avait rien d'amiable, le fisc m'a redressé, quelle expression ironique pour un accablement financier dont je me serais bien passé. Je suis un vieux psy sur le déclin et même si j'ai sorti pas mal de monde du trou, moi je coule lamentablement au fond d'une mélasse nauséabonde et visqueuse. J'ai passé ma vie à bosser, à écouter tous les malheurs des autres et mon couple a volé en éclats. J'ai picolé comme un *con*, fumé comme un pompier, mangé comme un cochon et je me suis frotté à pas mal de prostituées pour combler mon épouvantable solitude. Mon toubib me fait la morale, mon cœur est malade, ma tension trop haute et maintenant c'est un diabète qui transforme ma vie en un pitoyable yoyo de gosse. Je suis littéralement accroché à une ficelle qui s'enroule et se déroule selon le rythme aléatoire d'une inquiétante gravité. Pas jojo, n'est-ce pas, le psy au bout du rouleau!

Je l'ai écouté pendant une heure trente puis j'ai pris une feuille sur son bureau et j'ai noté « Le Docteur est retenu pour une urgence au centre médico-psychiatrique, les consultations sont donc annulées pour cet après-midi. Merci de votre compréhension ». Un coup de tampon et je suis allée fixer la feuille sur sa porte, par chance, la salle d'attente était vide et je n'ai pas eu à m'expliquer. À mon retour dans le cabinet je lui ai dit que j'avais fermé la maison, qu'il n'avait plus qu'à se reposer et que les choses lui sembleraient sûrement moins graves ensuite. Avant de partir, je me suis dirigée vers le frigo et je lui ai servi un verre d'eau.

Le lendemain, je lui ai téléphoné mais il ne répondait pas alors je me suis rendue sur place. Il n'avait pas bougé, n'avait même pas mis un tour de clef à sa porte après mon départ et baignait dans la sueur de sa chemise de la veille. Une tâche auréolait son pantalon. Il a murmuré que le jeudi il ne consultait pas et j'ai répondu que cela lui permettrait de se remettre sur pied pour le lendemain. Dans nos discussions, il m'avait confié que son bureau était souvent sa maison, sa piaule, sa garçonnière, aujourd'hui il devenait sa tanière et je lui ai secoué les puces. Dans un placard, j'ai trouvé du linge propre et une dizaine de chemises bleu ciel, la deuxième porte du couloir s'ouvrait sur un cabinet de toilette, je l'ai envoyé prendre une douche pendant que je lui préparais un café bien corsé.

À son retour, il a réintégré mollement la méridienne, je le regardais, il me regardait... Observation mutuelle, expression silencieuse mais très explicite d'un malaise profondément caché au cœur de... ses tripes...

Je l'ai écouté cogiter silencieusement pendant l'heure qui a suivi puis je me suis levée et je lui ai servi un verre d'eau.

— Je peux revenir mercredi prochain...

— Alors, à mercredi. Merci.

Je suis partie directement à mon travail et le train-train a filé doucement. Le mercredi suivant, il m'a accueillie d'un triste sourire en s'écroulant à nouveau sur la banquette :

— Mon coup de chaud a fait fuir la poignée de clients qui ne remplissait déjà qu'à demie mon agenda.

— L'essentiel est de prendre du temps pour vous, de récupérer un peu.

— Oui, mais de toute ma vie, je n'ai fait que travailler, c'est la seule chose que je sache faire : aider les autres à aller mieux.

— Eh bien, appliquez vos méthodes un peu extravagantes... sortez avec le Quinze de France, foncez au volant d'une voiture de course, habillé ou non et baignez-vous dans un grand verre de saint-émilion ! Envoyez-vous les babas au rhum et la tribu de coquines !

— Les pauvres coquines, j'aurais bien du mal à leur sortir le grand jeu...

— Dans la tête, je vous dis, tout est dans la tête... Sortez, allez au cinéma, retrouvez des copains ou contactez d'anciennes conquêtes.

J'ai posé mes mains à plat sur le bureau en le fixant droit dans les yeux.

Après les quelques instants d'une silencieuse réflexion, il s'est levé lentement, puis il a contourné le bureau pour s'asseoir sur son fauteuil.

— Et le théâtre, vous en êtes où ?

— C'est génial ! Bon, je ne suis pas Marthe Villalonga mais je m'amuse bien et le dix-huit juin, je saute le pas avec ma première représentation pour la fête de la maison de quartier. Je suis complètement flippée mais je vais m'accrocher.

Nous avons échangé quelques banalités puis j'ai pris congé. Les mercredis suivants, je suis venue aux rendez-vous, un peu comme j'aurais rendu visite à un vieux copain. Il refusait que je règle les consultations : « C'est moi qui devrais m'acquitter d'honoraires... » me disait-il. Je lui ai suggéré d'envisager sa retraite mais l'idée le rendait malheureux.

— *J'ai toujours fais que ça*, qu'est-ce que je vais *glander* de mes journées de vieux gâteux ?

— Vous bouquinerez tranquille, vous pourriez aller à la pêche, voir des spectacles ou des films, renouer avec des gens ?

— Je suis tout seul comme un vieux con ! J'ai toujours résisté à m'inscrire sur des sites ou des agences de rencontre de peur d'y trouver mes patientes !

J'ai continué deux mois, lui disant à chaque fois qu'il devrait faire autre chose. Enfin, un mercredi il m'a dit avoir osé aller jouer au bridge la veille, dans un cercle fermé, un peu sélect du centre chic d'Avignon et qu'il avait passé une agréable soirée pendant laquelle il avait retrouvé une ancienne patiente. Ils devaient se revoir. J'étais contente de le sentir détendu. Je suis revenue encore trois mercredis, il passait toutes ses soirées avec cette dame et m'a dit « Vous avez raison, je vais prendre ma retraite et on va voyager pendant qu'il est encore temps ».

En partant, je lui ai dit « Merci de m'avoir aidée », difficilement car je n'ai jamais su dire au revoir. Il a compris que je ne reviendrai plus, il m'a pris les deux mains et m'a dit que dans l'histoire, c'est moi qui avait été la plus utile, ajoutant : « Merci, du fond du cœur, vous avez la force en vous, utilisez-la. » Et je suis partie avec une drôle de sensation. Je venais à nouveau de perdre mon père.

Samedi dernier, j'étais sur les planches branlantes de la scène du centre culturel, aveuglée par les projecteurs. J'ai découvert qu'en fait, les comédiens ne voient pas le public mais distinguent seulement la masse sombre qui le constitue et perçoivent le mouvement, le souffle qui reste suspendu aux émotions transmises, offertes par les acteurs justement.

À la fin du spectacle, la troupe s'est élancée trois fois pour un salut fiévreux sous les applaudissements enthousiastes. Ensuite, mes amis m'ont propulsée au bas de la scène où je suis tombée dans les bras de Laurent, mon costaud au grand cœur, qui tentait maladroitement d'essuyer les larmes qui perlaient au bord de ses yeux. Nos trois gamins riaient et se sont faufilés pour atteindre la buvette.

Je les suivais du regard lorsque j'ai croisé celui d'un homme en chemise bleu ciel et pantalon gris qui agitait ses mains dans ma direction avant de les poser bien à plat sur le comptoir, en me fixant...

Les mots du tiroir

La magie des astres, lorsque l'on sait l'écouter, réserve parfois d'heureuses surprises. Laissez-vous charmer par cette inspiration inattendue...

J'ai découvert un étonnant mystère, venez, approchez-vous, je vais vous le confier...

Sur le dossier du fauteuil traine le gilet duveteux en laine mohair blanche, ample à souhait, dans lequel j'ai plaisir à m'enrouler. Complice de mes réflexions, partenaire de ma concentration, il me protège des frissons qui m'envahissent insidieusement au rythme des mots qui s'alignent. Sur le bureau, un carnet griffonné, un dictionnaire encore ouvert, une pile de dossiers qui s'accumulent, une collection de stylos aux pointes variées, des courriers en attente, une théière et sa tasse qui s'impatientent sont les indices de mon univers littéraire. Sur la droite, deux tiroirs : dans le premier sont rangés des documents officiels, en ordre militaire. Le second est le tiroir à mots...

Ce tiroir possède une bibliothèque où des années d'écriture sont classées dans des boîtes-archives. Dans le cœur du tiroir, les derniers textes attendent de connaître le verdict du jugement final : auront-ils la joie de voir le jour ? Ou finiront-ils, à leur tour dans une énième boîte ? Peut-être ressortiront-ils de cette cachette pour connaître une seconde vie et fleurir enfin un album, pimenter un recueil ou séduire une table de nuit ? Qui sait ?

La mystérieuse aventure a commencé lorsqu'un ami bien intentionné m'a conseillé d'étendre mon écriture vers le champ poétique... galère de galère ! Celui-ci étant chez moi à l'état de jachère ! Alors, consciencieusement, pendant quelques jours, chaque soir, j'ai glissé au fond du tiroir une poignée de mots censés représenter un poème. Mais les mots de cette poésie sont bien rebelles ! Je ne suis pas surprise car l'écriture mathématiquement poétique revêt pour moi le caractère inquiétant des profondeurs abyssales. Affichant une studieuse bonne volonté, avant de refermer le bureau en soirée, je déposais dans le tiroir, le feuillet désastreusement contre-poétique me promettant de l'améliorer le lendemain. Curieusement, un beau matin, en poussant la porte du bureau, j'ai trouvé le tiroir insolemment ouvert et l'ébauche du soi-disant poème m'a semblée étrangement modifiée...

J'ai ressorti ce texte pour le déposer à nouveau sur le bureau. Je l'ai relu et il m'a semblé nouveau, tellement... plus beau. J'ai ouvert la messagerie et traité les dossiers en instance, jetant de temps en temps un regard sur cette poésie en souffrance. Chaque pensée qui m'a traversée, je l'ai notée sur ce texte aux fondations instables. Ainsi, au fil des jours, se sont ajoutés quelques vers bancals.

J'ai bien tenté par deux ou trois mails timides de manifester mon désarroi mais sachant mon ami très occupé, je n'ai pas osé le déranger. Bon sang ! Secoue-toi les méninges, tu vas y arriver ! Ce n'est pas une poésie qui va te couper le sifflet !

J'ai donc continué mon petit manège, un vers par-ci, un vers par-là, tiens celui-ci n'est peut-être pas si mal, mais d'où vient-il ? Est-ce bien moi qui ai noté cette jolie rime, pleine de vie et de force, vibrante comme on les aime ? Bizarre...

J'ai vaqué à mes occupations, ajoutant régulièrement une petite pierre à l'édifice périlleux de mon hésitante construction poétique. C'est la première fois que je rencontre une quelconque difficulté à coucher des mots sur le papier. La seule consigne que j'avais sous la main était une petite phrase confiée par cet ami « Nous allons étudier le lai, forme classique simple qui peut évoluer en poème facile sur l'exemple de À Brassens de Ferrat »... pauvre Jean, tu dois te retourner dans ta tombe ! « Poème facile », m'a-t-il dit... Très scolairement, j'ai imprimé les belles paroles de ladite chanson afin d'en réaliser une étude plus approfondie et d'en tirer une hypothétique lueur d'espoir. Je me suis retrouvée avec un Ardéchois qui loue les qualités d'un ami poète, lui accordant le rôle d'un Auvergnat en jonglant avec la versification de ses moustaches, de ses fesses, de dames folles, de marchands honnêtes et de pâquerettes... *C'est du tout cuit,* a dit l'artiste ! *La magie du mot et du verbe,* désolée, chez moi ces critères-là semblent capables de n'offrir qu'une prose... Serais-je victime d'une triste intolérance au lactose ? Comment ont-ils fait ces deux-là, coquin de sort ? Devrais-je me mettre à la guitare ? Et si tout venait de la moustache ? Mince, l'affaire se complique, pauvre de moi...

Une semaine a passé et mon poème sonnait toujours creux, la musique en était terne et la saveur bien fade. Persévérante, je me suis mise à lire toutes les explications sur les techniques du lai... grave erreur ! Me voilà encore plus égarée au milieu des lais didactiques, lyriques, octosyllabiques... les qualités métriques et autres règles prosodiques. Profondément dépitée, j'ai tout refermé, certaine d'une seule chose : le mien est bien laid !

Confiante, je me suis accrochée. Courageusement, j'ai noté des « rimettes » infantiles pour couvrir le dénuement catastrophique de mon feuillet poétique. Le soir venu, j'ai replacé le chétif document dans le tiroir des mots cachés. Peut-être a-t-il été vexé de se sentir rejeté ? L'idée sur le moment, ne m'a pas effleurée. Le tiroir refermé et la porte du bureau tirée sur mes balbutiements poétiques, la nuit m'a emportée. Au petit matin, la théière à la main et le gilet sur les épaules, j'ai encore constaté l'ouverture du fameux tiroir ainsi que la présence mystérieuse de mots nouveaux sur mes rimes boiteuses. Quatre vers supplémentaires, magnifiquement poétiques et dotés d'une rigueur algébrique... comment était-ce possible ? Me serais-je levée dans la nuit pour noter des idées lumineuses ?

Toute la journée, j'ai surveillé le malheureux feuillet et à la nuit tombée, je ne l'ai pas quitté. Je l'ai rangé, dans son abri et je me suis installée en sentinelle, armée de la volonté de comprendre, déterminée à percer le mystère de ces vers qui s'inscrivent à mon insu, au cœur de la nuit. J'ai bien essayé de surveiller ce fichu tiroir en tentant une garde rapprochée. J'ai lutté, m'obligeant à lire et à réfléchir pour garder les yeux ouverts mais, imperceptiblement je me suis laissé glisser au creux du fauteuil, emportée par les bras de Morphée. Vous parlez d'une sentinelle !

À mon réveil, enroulée dans la douceur de mon gilet, au premier coup d'œil, j'ai constaté l'ouverture de l'écrin et... l'ajout d'une strophe entière aux mots de la veille. Sa lecture m'a insufflé un sentiment puissant et révélateur d'une force supérieure à la mienne. Du rythme, une pointe d'humour, de la légèreté mais des rimes qui sonnent juste et des images poétiques d'une parfaite régularité. Profondément troublée, j'ai eu bien du mal à me concentrer sur la vie normale pour atteindre fébrilement la nuit suivante.

Alors, j'ai monté un siège, étalé des documents sur tout le bureau, me traçant des heures de travail afin de ne pas flancher et prendre le risque d'un laisser aller au creux du fauteuil bien tentant. Je n'ai pas endossé le gilet pour que la fraicheur me tienne éveillée et la nuit s'est lentement diffusée. Tu ferais mieux d'aller te coucher, tu es complètement folle ! Cette histoire te monte à la tête, laisse tomber les poètes, contente-toi de ta prose et fais confiance aux porteurs de moustache pour crier mort aux vaches ! Puis, lentement, la nuit a filé mais rien ne s'est passé. Le tiroir est resté pudiquement fermé.

Le soir suivant, j'ai ajouté deux petits mots d'excuse avant de ranger l'étrange page et de lui prêter l'intimité de mon bureau. J'ai même laissé le tiroir ouvert pour agrandir son espace vital et lui procurer une entière liberté d'expression, berceau fertile de toute création.

Ensuite, je me suis éclipsée, la poésie étant bien meilleure sans ma médiocre intervention.

Soudain, vers deux heures du matin, venant du bureau, j'ai perçu un murmure. Une douce sérénade filtrait derrière la porte. Sur la pointe des pieds, je me suis approchée pour m'installer discrètement dans le creux du fauteuil, sans les déranger... Par la fenêtre orientée vers le sud, la lune, pleine et puissante inondait la pièce d'une lueur chaleureuse. Un rayon insolent se reflétait sur l'indiscipliné feuillet et des mots lumineux s'écrivaient lentement. Cette vision merveilleuse s'accompagnait d'un chuchotement magique et voluptueux : la musique sensuelle des mots offerts par l'astre lunaire.

Enroulée dans mon gilet, je me suis laissé bercer par cet étrange corps à corps entre un rayon de la lune et les pensées de ma plume.

Vous comprendrez que par pudeur, il m'est impossible de vous dévoiler les tendres secrets échangés dans ce moment de bonheur...

Secrets de femmes

Se poser, écouter, observer. Mais surtout, laisser le temps prendre son temps. Alors, il se pourrait bien que l'on se découvre mieux en allant vers les autres

Depuis longtemps, je nourrissais le rêve de découvrir ce rituel un peu mystérieux. Un matin de juin, enfin, la possibilité m'était offerte de franchir le pas mais, allaient-elles m'accepter ?

L'endroit était confidentiel, surtout pour moi, Française de passage car pour les gens d'ici, il n'avait finalement rien d'extraordinaire et faisait même partie de leur quotidien. Je m'étais renseignée auprès d'une coiffeuse de la rue principale qui m'avait gentiment accompagnée, me laissant, trois ruelles plus loin, devant la façade aux dessins explicites.

Le bâtiment était percé de deux entrées sans porte, simplement occultées par un rideau. Un épais voilage noir masquait l'accès de gauche au-dessus duquel on distinguait aisément un profil masculin. La seconde entrée, qui se devinait derrière une lourde tenture grenat, était ornée d'une silhouette féminine.

Je soulevai l'étoffe rouge d'une main timide et fis quelques pas dans un couloir obscur et silencieux lorsqu'une jeune femme drapée d'un chèche vaporeux s'avança lentement vers moi. Elle me sourit et débita joyeusement une avalanche de paroles que je ne compris pas, ce qui amorça son rire cristallin et je la suivis vers un comptoir où étaient disposées toutes sortes de fioles colorées. Elle me montra quelques pièces, je regardai au creux de sa main et comptai 13 dirhams, déduisant qu'ils représentaient sûrement le prix à payer pour l'instant de détente que j'avais décidé de m'accorder. Une bien petite somme d'à peine plus d'un euro, contre laquelle la jeune hôtesse me confia un reçu arraché à son calepin. Désignant mes pieds, elle me fit comprendre de déposer mes sandales dans un grand panier qui en contenait déjà une vingtaine de paires, ce qui me rassura, me confirmant que je n'étais pas seule en ces lieux mystérieux, puis elle me tendit les ustensiles appropriés et disparut.

Je me retournai et observai plus attentivement la pièce, reconnaissant d'après les patères chargées de vêtements qu'il devait s'agir d'un vestiaire. Contre le mur du fond s'appuyaient des banquettes carrelées, je m'approchai et perçus des conversations étouffées par l'épaisseur des murs. Un renfoncement dissimulait une porte métallique, je tentai de la pousser et dus m'y reprendre à deux fois car elle semblait peser une tonne. Les verres de mes lunettes furent immédiatement embués mais j'eus le temps de distinguer un groupe de femmes, quasiment nues. L'une d'elles se tourna vers moi et voyant que je ne comprenais pas ses explications, elle fit le geste de se dévêtir. C'était bien ce que je pensais. Je lâchai la pression sur la porte qui se referma toute seule puis je revins sur mes pas et entrepris de me déshabiller, mais devais-je être complètement nue ? Ou fallait-il garder les sous-vêtements ?

Je manquais d'expérience en la matière et la vision rapide des silhouettes dans la pièce attenante ne m'avait pas permis une grande observation, elles étaient seins nus, j'en étais sûre mais pour le bas, je ne savais pas vraiment comment faire. J'accrochai mes vêtements à un portemanteau et pris l'option de rester en petite lingerie avec une serviette nouée autour de la taille, je me sentirai plus à l'aise et cela me donnerait le temps de constater la tenue qu'arboraient les autres. Par contre, je dus me résoudre à abandonner mes lunettes.

Je poussai à nouveau la lourde porte métallique, élucidant au passage le mystère de son apparente résistance. En fait, elle était retenue fermée grâce à une cruche remplie d'eau suspendue à un câble qui faisait office de contrepoids de l'autre côté, ainsi, tout en n'étant pas verrouillée, elle s'ouvrait difficilement et se refermait seule dès qu'on la lâchait. L'absence de mes lunettes et l'atmosphère saturée d'une chaude humidité renforçaient la pénombre de la pièce dans laquelle je pénétrai. Deux petits garçons de quatre à cinq ans couraient tout nus en riant aux éclats tandis que je remarquai plusieurs groupes de femmes. Certaines discutaient, assises à même la pierre et enduisaient délicatement leur longue chevelure d'une pâte brune, d'autres étaient allongées au fond, d'autres encore s'activaient sous des jets d'eau fumants et je décidai de m'approcher de ces dernières.

Je prononçai un timide *As Salam Alaykom*[1] auquel elles répondirent joyeusement. Une jeune femme sortit du cercle :

— Ça va ?

— Oui, merci... Mais en fait, je ne suis pas très à l'aise... Vous parlez français, j'en suis bien contente !

— Je suis l'institutrice et je suis ravie de discuter en français, je n'en ai pas souvent l'occasion car peu de gens l'ont appris et personne chez moi ne le pratique.

— Vous rencontrer est une chance car j'avoue qu'en dehors de quelques formules de politesse et certains mots du quotidien, je ne maîtrise pas du tout votre langue.

— Pas de problème, soyez la bienvenue ! Je m'appelle Samia et voici mes trois jeunes sœurs, une cousine, mes belles-sœurs, deux de mes tantes, ma mère et ma belle-mère ; mon fils aîné vous a déjà bousculée à votre entrée et mon deuxième barbotte avec ses cousins.

Je baissai les yeux vers la grande bassine en cuivre posée au sol dans laquelle baignaient sagement trois nourrissons potelés sous le regard bienveillant des deux grand-mères. Samia m'invita d'un geste à me joindre à leur groupe et me prit des mains les accessoires remis à l'entrée, elle plaça mon seau sous le flux d'un robinet et relança notre conversation :

— C'est la première fois ? Votre serviette va être trempée...

La quasi-nudité étant de rigueur, je dénouai le carré en éponge et le posai dans un panier fixé en hauteur.

---

1. *Bonjour* en arabe.

— Je n'ai connu jusqu'alors que des séances individuelles, fades et standardisées, prodiguées dans des hôtels et depuis longtemps, je rêvais de découvrir le vrai rituel, celui qui est pratiqué de façon simple et naturelle depuis l'antiquité.

— Alors, vous êtes au bon endroit !

— Je suis de passage ici, loin des grandes cités touristiques, pour des raisons professionnelles. Je loge au gîte rural Dar Skoura et c'est Nora, la propriétaire qui m'a parlé du lieu, elle ne pouvait m'accompagner aujourd'hui et comme je dois repartir demain, je suis venue seule.

— Mais vous n'êtes plus seule, nous sommes en famille !

— Merci de votre accueil, c'est très gentil. Je n'osais pas trop venir puis je me suis dit que le meilleur moyen de découvrir une autre facette de votre culture était en fin de compte de me jeter à l'eau.

— L'image est belle et me semble vraiment appropriée !

— Combien dure la séance ?

— Ah ! Les occidentaux et leur course effrénée, un œil sur la montre et toujours inquiets ! Il faut… il faut le temps qu'il faut… laissez donc couler le temps autant que coule le ruisseau !

Samia attrapa son bébé et commença un doux et long massage, depuis le visage jusqu'au bout des pieds, très lentement, les mains enduites de savon noir parcourant le petit corps avec une tendre dextérité. Puis l'enfant fut pétri plus vigoureusement avant un rinçage énergique suivi de pressions et d'étirements multiples. La jeune femme s'installa ensuite contre le mur et s'allongea sur une banquette de mosaïque bleue, offrant ses seins rebondis au bébé impatient.

J'observais la salle qui n'était finalement pas très grande. Rectangulaire et basse, elle était entièrement carrelée et l'eau courait partout, en flaques au sol, en jets aux murs et en suspension dans l'air. Au plafond se croisaient quatre voutes au centre desquelles un trou de petit diamètre laissait descendre la lumière naturelle, unique source de clarté.

Les grand-mères massaient les deux autres bambins, un peu plus âgés que leur cousin lorsque les trois sœurs de Samia se levèrent, leur seau rempli à la main, me faisant signe de les suivre. Une arcade séparait la seconde pièce où l'atmosphère était encore plus chaude et nous nous assîmes sur le sol en pierre détrempée.

D'un pot de terre, les filles piochèrent une boulette de pâte verdâtre, un peu gluante et la dernière m'invita à les imiter. Laissant glisser le fin triangle de lingerie, chacune procéda à un minutieux savonnage corporel et je fis de même. Puis, à l'aide d'une coupelle en cuivre le rinçage commença, sage et délicat au début, mais rapidement, la plus jeune sœur arrosa espièglement sa voisine, lui vidant carrément sa coupe sur la tête. L'autre contre-attaqua d'une bolée remplie sous le jet d'eau froide avant de bondir hors de portée. Certaines vasques se remplissaient d'eau chaude dans lesquelles nous puisions en alternance tandis que des robinets déversaient un flot rafraîchi entre les pierres ou même pour certains, presque glacé.

Les rires fusèrent, je reçus d'abondantes rasades d'eau froide dans le dos et ripostai allègrement. La partie s'animait joyeusement.

À bout de souffle, les trois joueuses m'entrainèrent vers une dernière pièce dont les limites étaient imperceptibles tant la vapeur était épaisse. L'air saturé d'humidité me coupa la respiration, la chaleur était suffocante et s'asseoir devint une nécessité. La touffeur accablante imposait le calme et dans les minutes qui suivirent aucune des participantes ne parlait ni ne chahutait, l'exubérance précédente faisait place à une douce léthargie dans laquelle je m'abandonnais avec volupté. Mes pensées flottaient lentement au gré des bulles de vapeur et je les laissai s'envoler.

Après un laps de temps que je ne saurais évaluer, je sentis une main prendre la mienne et me ramener dans la pièce intermédiaire. Samia nous rejoignit et m'expliqua que la température de la troisième salle s'élevant à 50 °c, était déconseillée en période d'allaitement, elle ajouta qu'elle faisait confiance à ses sœurs qui avaient dû s'en donner à cœur joie concernant mon initiation. Elle distribua à chacune un gant de crêpe noir, le *kessa* et des duos étonnants se formèrent. En effet, les jeunes femmes entreprirent de pratiquer un gommage réciproque, chacune frottant l'autre avec des mouvements fermes et plutôt appuyés. J'effectuai cet échange de bon procédé avec ma nouvelle amie qui me répétait : « N'aie pas peur de frotter, il faut débarrasser le corps de ses impuretés et ça nettoie aussi la tête ! »

À ma grande surprise, le groupe entonna un chant cadencé qui rythmait finalement le mouvement des gants. Lorsque nous fûmes consciencieusement épluchées, les jeux de rinçage reprirent de plus belle en de vifs éclaboussements. Les enfants couraient entre nous, les tout-petits se faufilant à quatre pattes sur les dalles mouillées, les grand-mères à leur trousse.

Nous revînmes ensuite dans la première pièce où l'atmosphère me parut presque fraîche. Pour finir, me dit Samia, il faut s'enduire le corps et les cheveux de ghassoul. « Il s'agit d'une argile naturelle, riche en minéraux à laquelle sont ajoutées des huiles essentielles qui rechargent la peau et renforcent la kératine » précisa-t-elle. Nous étions entièrement badigeonnées de cette pâte brune et parfumée. Nos peaux affichaient alors la même couleur ambrée, abolissant toute nuance de carnation. Je souris en constatant qu'il m'était devenu impossible de reconnaître les unes ou les autres, jeunes ou plus âgées, rien ne nous différenciait, nous n'étions plus qu'un groupe de femmes. Les chants reprirent mais très calmement, des mélodies légères et douces envahirent les voutes embrumées aux effluves d'eucalyptus. Enfin, tranquillement, chacune s'aspergea d'eau tiède pour éliminer le masque purifiant, lentement, laissant glisser l'eau de la tête jusqu'aux pieds, emportant squames et soucis du quotidien et faisant place nette dans le corps et l'esprit.

Silencieusement, une des femmes tira la porte de fer et je les suivis au vestiaire. Les bébés endormis furent enveloppés dans des langes soyeux et remis dans les bras des aïeules elles-mêmes drapées de foutas colorées. Je m'enroulai de ma serviette et m'assis sur la banquette carrelée, l'esprit encore vaporeux.

La jeune hôtesse apporta un grand plateau en cuivre martelé sur lequel trônaient une théière odorante, une douzaine de verres ciselés ainsi qu'une large assiette garnie de pâtisseries. Elle servit le thé dans les règles de l'art, le versant de très haut afin d'obtenir une écume à la surface des verres, remplissant trois fois le premier avant d'effectuer le service des suivants. La boisson brûlante et sucrée, délicatement parfumée de menthe fraîche finit d'alanguir mes pensées et je me laissai glisser le long de la banquette, flottant dans une douce torpeur. Dans le coton de cette ambiance feutrée, perdant toute notion de temps, je percevais vaguement les gestes familiers : les serviettes essuyaient les dernières gouttes d'eau, les mamans habillaient les petits et les nombreuses couches de vêtements venaient recouvrir leur corps de femme.

Lentement, je revins à la réalité, souhaitant remercier Samia et sa famille avant qu'elles ne disparaissent, happées par l'évidence des obligations qui nous séparaient.

Avant de partir la jeune femme répondit à mes craintes quant au gaspillage de l'eau dans une région très proche du désert. « Mais non, me garantit-elle, c'est une chance ici, l'oued est généreux, la nappe phréatique est abondante et les sources chaudes sont nombreuses, de plus l'eau rejetée alimente ensuite le réseau d'irrigation. La meilleure preuve est la luxuriance de notre palmeraie. » Cette dernière discussion me rassura.

J'étais venue à Tata, petite ville située au bord de l'Anti-Atlas, dans le sud du Maroc afin d'effectuer un repérage pour « Instants magiques », le guide touristique qui m'emploie depuis bientôt six ans. Missionnée pour réaliser un article sur la clepsydre locale, toujours en activité, que j'avais visitée la veille, je décidai, en plus du reportage sur cette fameuse horloge à eau utilisée justement pour l'irrigation, de suggérer à nos lecteurs de faire une halte au hammam pour une expérience hors du commun. Je venais de recevoir l'aval de mon rédacteur en chef, conquis par ce projet d'édito complémentaire qui alimenterait le chapitre « bains insolites à travers le monde ». Évidemment, je n'ai pu confier que la version féminine de l'aventure, peut-être que quelqu'un pourrait nous dévoiler ce qu'il se passe derrière le mystérieux rideau noir ?

Je me rhabillai sans précipitation, récupérai mes sandales et déposai discrètement un billet sur le plateau du thé. La jeune fille qui assurait l'accueil, le service et le ménage me remercia d'un sourire et d'un flacon d'huile parfumée.

L'effervescence de la rue me sembla surprenante. Je m'accordais quelques secondes supplémentaires en marchant tranquillement vers les ruelles commerçantes du souk lorsque Nora, ma logeuse, accourut vers moi :

— Je m'inquiétais car vous avez oublié votre téléphone sur le bureau à la réception et il n'a pas arrêté de sonner. Je pensais que ces appels insistants devaient être importants.

Je souris et lui confiai :

— Merci, c'est gentil mais ne vous inquiétez pas. L'important est ailleurs… laissons le ruisseau couler, laissons le temps filer, rien n'est urgent. Je vous remercie de m'avoir conseillé cette pause, un vrai cadeau de la vie ! J'avoue que j'éprouvais quelques réticences à venir ici toute seule, j'appréhendais de me retrouver isolée, empêtrée dans mon inexpérience évidente. Je craignais de commettre des maladresses et d'être tenue à l'écart mais ce fut tout le contraire.

— Ah ! En tout cas, vous avez l'air radieuse, le hammam fait toujours du bien, je vous l'avais dit.

— Oui, bien sûr, mais ce n'est pas vraiment la technique qui est à l'origine de ce bien-être. La magie de certaines rencontres est infiniment précieuse et ce moment hors du temps m'a offert une savoureuse découverte que je ne suis pas prête d'oublier. Cette immersion dans votre culture et l'intégration spontanée que m'ont témoignée ces femmes fut une véritable révélation. Le seul problème est que… dorénavant, ma salle de bain va me sembler plutôt vide, terne et beaucoup moins chaleureuse !

Ce n'est qu'en soirée que je me décidai enfin à interroger la messagerie de mon téléphone et la surprise fut de taille. La voix de mon rédacteur en chef frétillait dans l'appareil « J'ai un scoop et c'est tombé sur toi, ta mission marocaine touche à sa fin. Ok, retour sur Paris demain et tu as tout juste le temps de troquer tes tee-shirts contre un anorak costaud, tu files sur Rovaniemi, en Laponie Finlandaise. Je veux du croustillant sur les bains dans la banquise ! C'est chaud ! Allez, rappelle-moi ce soir, je te donnerai les coordonnées de tes contacts, un groupe de femmes qui ont l'air fascinantes. »

Les bains de glace seraient-ils aussi chaleureux que le hammam de Tata ?

Les bateaux d'or

Que tu te prénommes Enaëlle, Rose of Sharon ou bien Aaricia, ton devenir est celui d'une femme : à porter tes enfants au monde et à porter les vieillards à la tombe.

Tu vas tomber amoureuse, c'est certain, de l'homme le plus séduisant du monde. En vaudra-t-il autant d'amour ? On ne le sait jamais avant. Et toi, Enaëlle, Rose of Sharon ou bien Aaricia, sans rien lui demander, tu vas lui offrir ton cœur palpitant sur la table.

Tu vas user ton cœur, tu vas user tes yeux, tu vas user tes mains. Tu vas te bagarrer autant que tu le pourras. Voilà ta vie de femme.

Mais toujours dans ta vie, il y aura des bateaux d'or, c'est à toi de les voir. Ils sont capables de prendre des formes et des visages différents. Pour Aaricia ce sera... et pour Rose of Sharon...

Enaëlle a trouvé les siens. Et pour toi ?

Reste attentive, sois vigilante, tes bateaux d'or sont là. Laisse parler ton imagination.

Il y a dans le port trois bateaux d'or amarrés autour de cinq corps-morts. Ils sont arrivés une nuit et personne ne les a vus. Ce ne sont pas de grands voiliers, pas des trois-mâts, mais je sais qu'ils peuvent faire le tour du monde.

— « Vois sur ces canaux dormir ces vaisseaux dont l'humeur est vagabonde. C'est pour assouvir ton moindre désir qu'ils viennent du bout du monde. »

C'est ce que me disait mon grand-père quand il me tenait par la main. J'étais toute petite fille. Il avait une belle voix grave, une courte barbe blanche : c'était un papi comme beaucoup de papis, un papi dont rêvent les petites filles. Et il ajoutait :

— Tu vois Enaëlle, tu as pour toi trois bateaux d'or. À chaque fois que tu feras un souhait, un bateau partira faire le tour du monde et ton souhait sera alors exaucé.

Ce sont des bateaux d'or et la lumière du couchant les fait étinceler. Il n'y a jamais personne à leur bord. Je les vois chaque fois que je sors de la petite maison rose. J'ai toujours voulu m'en approcher, monter dessus, naviguer aussi. J'ai cru mon grand-père et chaque fois que je passais devant les trois bateaux, je me retenais de faire un vœu idiot ou bien imbécile du genre :

— « Faites que j'aie tout le temps zéro faute à la dictée »

Ou bien :

— « Qu'il y ait des frites tous les jours à la cantine »

Ou bien encore :

— « Que je reçoive tout de suite la belle poupée du Père Noël »

La première fois qu'Enaëlle fit un vœu, un vrai vœu, c'était à Noël. Elle sentait que ses grands-parents n'étaient pas bien. Elle les avait entendus parler à demi-mot. Enfant attentive avec ses grands yeux clairs, elle percevait la moindre tension et elle avait compris qu'un promoteur voulait transformer leur petite maison rose en un immeuble pour Parisiens. Il y avait là beaucoup d'argent. Une grosse somme avait déjà été versée mais sans contrepartie. Sa grand-mère et son grand-père discutaient dans la cuisine. La discussion n'était pas violente mais tendue. Jamais ses grands-parents ne se seraient permis de se disputer. C'était des gens d'un autre temps. En la voyant par l'entrebâillement de la porte, ils lui avaient demandé de sortir, en fermant la porte. Gentiment mais fermement :

— Enaëlle, ma chérie, nous avons à parler. Va donc voir dehors si les bateaux d'or sont toujours trois.

Enaëlle était dehors ; il ne fait pas froid en décembre sur le port. Elle aime cet endroit, elle aime la maison rose de ses grands-parents. La brise fait frissonner ses cheveux. Elle veut rester ici toute sa vie et assise sur une marche du porche, dans le crépuscule devant les trois bateaux d'or, elle fit un vœu :

— Je veux que cette maison reste ici à jamais.

Elle porta les mains sur son visage, se cacha les yeux, ferma les paupières, se récita : « Vois sur ces canaux dormir ces vaisseaux dont l'humeur est vagabonde. C'est pour assouvir ton moindre désir qu'ils viennent du bout du monde » et lentement remonta ses mains pour tirer ses cheveux en arrière. Lorsqu'elle ouvrit les yeux, il ne restait plus que deux bateaux d'or.

Le lendemain, l'on apprit à ses grands-parents que le promoteur parisien était en faillite, victime d'une thrombose du portefeuille, et que la petite maison rose restait et resterait leur maison, quoi qu'il arrive.

Enaëlle regarda les deux bateaux d'or qui restaient et sut qu'elle pouvait avoir confiance.

Du temps passa, elle grandit. Ses grands-parents se voûtèrent, ils eurent de plus en plus de mal à sortir de la petite maison rose. Chaque pas leur était une souffrance. Enaëlle ne comprenait pas bien : elle, tout son corps la poussait vers l'extérieur. Elle sortit, sourit, cligna de l'œil, dansa, flirta, fit des rencontres, dansa encore, tomba amoureuse... Telle est la vie des femmes. Que connaissez-vous de plus beau ?

Et un soir, une nuit, le garçon qui devait la rejoindre, le garçon qu'elle aimait, avec qui elle voulait vivre, faire sa vie et faire des enfants, dans un virage, sa moto...

Une nuit d'angoisse à l'attendre, la sonnerie du téléphone fut un soulagement : l'amour c'est la sonnerie du téléphone quand la nuit appartient aux amants.

Tout cassé, tout fracassé. Mort clinique, au mieux tétraplégique. Dans un an, si on le prolonge, il pourrait cligner des yeux. Le bruit du téléphone.

Elle sort. L'air est frais, l'univers n'est pas assez grand pour contenir le vide qu'il y a en elle. La douleur n'est pas encore venue mais elle la sent toute proche qui guette. Une odeur de vie monte : l'océan, le port. Le ciel à main gauche s'éclaire, jouant par touches légères avec les nuages. Cela sent la marée, la vie, le bruit terne et jaunâtre du clapotis. L'air est vif, acide. Il vous pique les narines. Le ciel est vaste, il embrasse l'horizon. Les lumières se déclinent du rouge incarnat au pourpre. Par-dessous, l'embrasement du soleil jette des teintes flamboyantes et jaunes : il est en train de se lever. Les couleurs, les odeurs, le vent.

Enaëlle inspire, fort, une fois, deux fois. Et ce qu'elle ressent lui donne courage. Elle regarde les deux bateaux d'or :

— S'il survit, je me le marie. Enaëlle est une fille du port, âpre, et au gain et au mal et au plaisir : elle ne parle jamais pour faire des phrases.

Aussi elle répète :

— Je me le marie ! Avec détermination.

Le lendemain matin, il ne restait qu'un bateau d'or et cinq corps-morts.

Du temps passa. Ils étaient heureux dans la petite maison rose. Non, ils ne couraient plus s'enlacer sur la dune, mais leurs embrassements étaient toujours aussi forts. Pour lui, sa voix restait leste, son sourire heureux et son amour vivace. Enaëlle était avec son homme, ainsi qu'elle l'avait décidé. Ce n'étaient pas de ces amours qui bouleversent le monde mais deux vies simples, consommant de l'immédiat, profitant de chaque instant : ils étaient heureux.

Nous racontons ici l'histoire des trois bateaux d'or et non pas les amours et la vie d'Enaëlle et de son mari couturé et balafré. Alors...

Vint le temps où Enaëlle se trouva dans l'attente d'un bébé, gravide. La sage-femme, après avoir demandé de faire bouillir de l'eau, posé des questions, s'être lavé les mains trois fois, avoir ausculté le si joli gros ventre rond, fit sortir tout le monde et parla doucement :

— Enaëlle, comme il est placé, votre bébé doit mourir.

Elle marqua un silence. Puis :

— Je ferai tout pour qu'il vive et vous aussi.

Et elle l'embrassa sur le front.

Enaëlle, couchée sur le dos dans l'accomplissement du destin, cligna des yeux en consentement. Elle pensait très fort au dernier bateau d'or et au bébé.

Il ne fut pas soleil levé que l'enfant criait. Il y eut des soirs, il y eut des matins.

Lorsqu'Enaëlle sortit pour la première fois de la maison son bébé dans les bras, elle pensait trouver cinq corps-morts, sans aucun bateau. Or, il y avait cinq bateaux d'or amarrés aux cinq corps-morts.

Elle sut alors que son bébé serait un bébé de la chance et elle l'embrassa sur le front. Heureuse.

« Là, tout n'est qu'ordre et beauté, luxe, calme et volupté. »

Bon voyage, les mots !

Le ravissement m'a été offert de m'infiltrer dans les coulisses du prestigieux salon littéraire de Cosne-sur-Loire, organisé par Trait d'union 58, où, pour la 31ᵉ année, se bousculaient personnalités du showbiz, auteurs nationaux et écrivains intimidés au talent encore confidentiel.

Ma présence n'était justifiée qu'en tant que « compagne de l'auteur récompensé par le Prix des Commerçants 2017 » et je restai très discrète quant à mes écrits personnels. Mon modeste recueil de nouvelles, publié en autoédition, loin de l'estampillage commercial et médiatique de la plupart des ouvrages présentés, s'attendait sagement à devoir prendre patience au fond de la valise. C'était sans compter sur la perspicacité d'un voisin de table, un monsieur malicieux, curieux, passionné de bons mots et de jolies histoires qui a engagé la conversation avec la petite provinciale effacée de la chaise d'à côté.

Me tendant la main :

— Vous êtes une femme de lettres, n'est-ce pas ?
— Heu… oui, très modestement.

— Alors dites-moi, que faites-vous donc avec les mots, si modestes soient-ils ?

— Eh bien, différentes choses : un journal et des carnets de voyage sur des rallyes-raids qui me passionnent, des nouvelles réunies en un p'tit recueil, des relectures-corrections pour autrui, avant édition et plusieurs écrits qui sont encore en cours de rédaction.

— Ha ! Mais c'est très intéressant et je ne vois aucune raison d'en demeurer si modeste. Où cachez-vous ce petit recueil ?

Il suivit des yeux mon regard qui se dirigea vers les cartons et bagages, glissés sous la table de la libraire.

— Et pourquoi n'est-il pas disposé sur les présentoirs, en piles fières et insolentes ?

— C'est un livre libre d'éditeur dont le plaisir a été de l'écrire et que je propose sur des salons régionaux, en Provence.

— Serais-je assez chanceux pour avoir le droit d'y poser les yeux ?

Alors, bafouillante, les joues rosées et les mains tremblantes, je plongeai sous la table récupérer la valise où mes bouquins chuchotaient une comptine pour savoir lequel d'entre eux allait partir en voyage. Je saisis un des exemplaires frétillants et tendis les *Pensées de ma plume* à mon interlocuteur. La couverture jaune sépia, représentant une plume jouant sur l'esquisse du mont Ventoux semblait lui plaire. Il me félicita sur le choix du titre, partageant l'idée que réellement, nos écrits s'envolent et semblent animés de leurs propres pensées. Le résumé et les quelques lignes de biographie finirent de le convaincre et mon premier lecteur de Cosne-sur-Loire, dans un sourire, sollicita une dédicace.

N'osant le lui demander, je piochai sur le haut des pyramides de livres, un exemplaire d'un de ses ouvrages afin de prendre connaissance du nom de mon voisin. Ce nom me disait vaguement quelque chose sans que je parvienne à le situer. En plus du nom, je commençais à lire la quatrième de couverture et le résumé de son *Victor ou la folle idée* m'intrigua. Séduite, j'annonçai à Jean-Louis que, bien sûr, je lui dédicaçais un livre mais qu'il devait également se munir d'un stylo pour rédiger un message à mon intention car je lui achetais son Victor. Surpris, il s'avoua gêné, ne voulant pas que je me sente obligée de faire cette acquisition en retour. Ha ! Lorsque deux écrivains essaient d'expliquer oralement leurs émotions face aux livres, cela se termine souvent par la quête d'un stylo, ce que fit Jean-Louis en partant chercher le sien, oublié dans sa voiture. Une aubaine car pendant ce temps, j'eus le loisir de cogiter une dédicace digne de cette conversation.

Le sourire de mon nouvel ami ainsi que Victor, le personnage éponyme de son roman me guidèrent pour formuler un témoignage de bienvenue à parcourir mes lignes. Sincèrement, je pense que son héros devrait bien s'entendre avec ma Lucienne. Peut-être se seraient-ils rencontrés ? Cela ne m'étonnerait pas !

Les pensées de ma plume dûment accompagnées d'une dédicace chaleureuse, sautèrent dans les mains de leur nouveau propriétaire et je les entendais murmurer leur fierté : « Alors là, félicitations les filles, nous sommes le premier livre choisi sur le salon – Et pas par n'importe qui, regardez tous les beaux ouvrages qui traînent ici ! –

Vous croyez qu'on va plaire ? – Qui allons-nous encore rencontrer ? – Qui est donc ce Victor dont on parle sur la pile d'à côté ? »

La curiosité me piquant, sommairement installée dans un recoin du stand, calée entre un paravent et les cartons de livres, je m'immergeais dans les premières pages du roman à couverture azur que mon voisin venait de me remettre. Je souris en découvrant que les deux dédicaces échangées comportaient beaucoup de similitudes, « rencontre, amitié, écriture… ». Les prémices de *Victor ou la folle idée*, se dévoilaient peu à peu. Prise par la lecture, je m'étais fermée au brouhaha ambiant et aux mouvements de la foule, me glissant dans la bulle quasi hermétique de l'évasion par les mots. Ma surprise fut totale lorsque, quelques minutes plus tard, une agitation se développant au centre du chapiteau me fit lever le nez avant d'entendre la liste des auteurs félicités par un prix littéraire. Le nom de mon sympathique voisin fut annoncé au micro du présentateur radiophonique perché sur le podium de la remise des récompenses. Le premier de mes lecteurs cosnois, papa littéraire de Victor le facteur un peu fantasque, était un grand reporter et venait de remporter le Prix du livre sportif, pour *Les plus belles histoires du Tour de France*. Bravo !

Alors, ce furent les mots-cyclistes qui prirent la parole en s'extirpant des livres vainqueurs « Oui, oui, nous en connaissons un rayon ! – Tu parles, toutes ces années à suivre le tour, aucune anecdote ne nous échappe ! »

Dans un coin, j'entendais maudire un jaloux, prenant les figures de style à témoin, allant même jusqu'à solliciter quelques gros mots. Puis ce furent les motifs qui se crêpèrent le chignon, sans parler des motus qui pinçaient la bouche de dépit, refusant la conversation. Mais non, il n'en fut rien, heureusement, et les mots râles furent retenus.

Un rire enfantin se répéta deux fois puis trois, mais bizarrement, aucun enfant n'était en vue. J'eus beau chercher, pas de gamin s'accrochant à la main des visiteurs les plus proches et aucune poussette ne se tenait dans le secteur.

Essayant d'oublier les enfants invisibles, je me levai faire quelques pas entre les tables de dédicaces. Des arômes de vanille et de cannelle se propageaient vers la droite du chapiteau et je m'approchai du stand d'une célèbre cheffe cuisinière antillaise, pensant qu'un diffuseur de senteurs était à l'origine de ces émanations, mais seules des piles de livres garnissaient les tables. Pourtant, pas de doute possible, des saveurs épicées flottaient délicatement dans l'air essayant de mettre le bazar dans mes papilles. Je pris quelques minutes à chercher l'origine de ces effluves mais il n'y avait ni bougie, ni brûle-parfum et encore moins de vaporisateurs. Les senteurs d'épices disparurent d'un coup alors que je m'éloignais des livres de cuisine créole pour passer à côté d'un auteur de littérature jeunesse. Plusieurs albums gisaient ouverts, le stand était désert pourtant de bruyantes discussions s'animaient et des voix d'enfants remplissaient l'espace. Une disait qu'il fallait construire un radeau pour regagner le continent, une autre petite voix chantait « Une souris verte, qui courrait dans l'herbe… » Mais là encore, aucun enfant n'était visible. Puis j'ai bien reconnu l'histoire d'Ulysse arrivant sur l'île d'Ithaque mais cette partie de l'odyssée me parvenait par la voix d'un jeune garçon qui me confiait son récit de voyage. Le plus étrange de cette communication était l'absence du narrateur car autour de moi il n'y avait que des alignements de bouquins affichant des catégories littéraires très variées et un monsieur âgé qui discutait avec Jean-Paul, l'auteur, mais pas d'enfant.

Un peu plus loin, au fil de ma déambulation entre les rangées d'écrivains, je découvris plusieurs auteurs de romans policiers aux tables bien garnies, proposant des séries d'enquêteurs hétéroclites offrant une multitude de dégaines, d'âges, d'époques, de méthodes et de styles aussi variés que l'étaient les couvertures et les thèmes des ouvrages exposés.

Tout à coup, un vol de perruches ondulées aux plumages multicolores traversa le chapiteau avant de se poser sur l'abécédaire animalier qu'un curieux avait laissé ouvert. Les visiteurs continuaient leurs pérégrinations le long des allées encombrées, feuilletant les livres en exposition et discutant avec les auteurs ; tout le monde semblait trouver normal de voir passer des oiseaux à travers un salon littéraire. Le plus surprenant était qu'au milieu du fond sonore produit par la foule et les bruyantes vocalisations des psittacidés colorées, j'entendis hennir un cheval et tournai la tête vers l'origine du cri. Mais les seuls chevaux visibles étaient ceux représentés sur les aquarelles illustrant un recueil poétique, à quatre stands sur ma gauche.

Soudain, en réponse aux chevaux, se furent des beuglements qui attirèrent les regards. Et là, j'eus enfin la réponse à tous les mystères rencontrés entre les tables de ce salon. Une dame, la main posée sur *Le cimetière des veaux sous la mère* ouvrait de grands yeux en écoutant Bertrand lui raconter l'enquête qui entraîna Zelda et Louis Nicolas dans un sud-ouest agité où ils avaient initialement prévu de passer des vacances tranquilles.

Les bruits, les odeurs, les rires d'enfants, les conversations, les délires criminels, les mouvements et les cris d'animaux, les récits historiques, les contes, les confidences de vedettes de cinéma ou du show-business, les enquêtes, les débats philosophiques, les analyses politiques, les emballements oniriques, les notes de musique ou les envolées poétiques provenaient tout simplement... des mots. Des mille millions de mots de toute nature qui s'alignaient, au creux de chacun des livres présentés, écrits l'un après l'autre avec toute la foi et la conviction de l'auteur. Mus par une incroyable pulsion de vie, les mots frétillaient et voyageaient, s'échappant inlassablement des pages pour séduire les lecteurs attentifs.

La journée touchant à sa fin, le chapiteau s'est vidé de ses visiteurs et les auteurs, fatigués mais Oh! combien heureux, se sont dirigés vers la salle de restaurant.

En passant à table, les mots couverts se firent plus explicites en mettant les pieds dans le plat, se fichant de toutes moqueries. Mais les meilleurs de tous, évidemment, ce sont les mots doux, les mots offerts.

J'allais une nouvelle fois le vérifier.

Ayant déjà réalisé de nombreux dépôts de mes livres dans des bibliothèques informelles, l'envie de renouveler l'expérience à l'occasion de cet éminent salon m'a poussée à extraire de ma valise, un autre exemplaire des Pensées de ma plume. Celui-ci a entamé une escapade en sautant dans la rue pour se glisser sur les étagères du mignon petit kiosque disposé au centre de Cosne au détour du Nohain, confluent de la Loire, pour donner liberté aux mots en leur offrant un voyage de mains à mains. Mais mon bien modeste bouquin allait-il parvenir à séduire une âme curieuse qui le prendrait au passage pour l'emporter par les chemins ? Peut-être ne le saurais-je jamais.

Le dîner de samedi nous a réunis autour d'une souris d'agneau savoureuse que les grands petits vins de Loire ont rendue espiègle et joyeuse. Notre tablée nous a réservé des convives pétillants avec Jean-Louis qui nous a confié ses souvenirs de grand reporter pour un journal national à fort tirage et Jean-Paul, l'auteur de Ulysse.com auprès duquel j'avais passé un moment lors de mes observations de l'après-midi. Nos discussions nous ont permis de mieux découvrir Jean-Louis et l'univers du sport mais aussi Jean-Paul, éminent essayiste avec plus de soixante-dix livres publiés qui, en plus de la littérature jeunesse, a titillé de sa plume de très nombreux sujets d'actualité, ainsi que Laurent, un autre auteur pour enfants qui appuie également ses écrits sur les vérités de l'Histoire.

Le repas fut délicieusement animé. Après un trajet partagé, agrémenté des conseils aléatoires d'un GPS buissonnier renforcé des certitudes temporo-spatiales des uns et des autres, nous avons réintégré l'hôtel de la zone commerciale au charme absent. Le petit groupe n'ayant pas envie de se quitter trop vite, la soirée s'est prolongée dans l'austère réfectoire où les conversations ont réveillé le décor, fêtant dignement la récompense de notre copain journaliste qui a offert son magnum de vainqueur au nom de l'amitié littéraire.

Le lendemain, nous sommes passés dans les ruelles piétonnes du centre-ville devant le kiosque littéraire dont j'ai ouvert la porte vitrée. Et, surprise ! Mon recueil avait disparu des étagères ! *Les pensées de ma plume* offertes la veille avait bel et bien commencé leur vie itinérante. L'emprunteur n'a pas laissé de message sur les rayonnages mais j'espère qu'il ouvrira une chaîne de lecteurs qui raviront mes pages.

Merci, Jean-Louis, de m'avoir adressé la parole, cet après-midi du mois de mai. Grâce à tes anecdotes et nos conversations, le temps d'un week-end, quelques rêveurs de mots ont fait revivre de beaux et facétieux esprits, tels que René Fallet, Antoine Blondin ou le pétillant Alphonse Allais. Pour ne citer qu'eux.

Quant au premier livre sorti de ma valise lors de ce salon particulier, ses mots s'en sont allés dans le cartable de Jean-Louis, vers Agen où peut-être ils feront sourire Marie Jo, sa Lucienne à lui, confirmant que les mots sont vivants, que les écrivains sont leurs messagers et que les livres palpitent sur le rythme vital des émotions.

Et, nous le savons bien, souvent, les écrits sont mots cœur alors, bon vent, les mots !

Épilogue

Si vous avez poursuivi votre lecture jusqu'ici, merci ! Oui, chère lectrice, cher lecteur, nos remerciements vous sont en tout premier lieu réservés même si notre gratitude s'exprime aussi envers les personnages qui font vivre nos histoires et les acteurs du quotidien qui les pimentent.

Pour féliciter votre bonne volonté à nous lire, nous sommes heureux de vous offrir quelques mots supplémentaires.

Le titre, la couverture, l'écriture, le choix et le placement des textes, tout dans ce recueil a été réalisé dans le dialogue et le partage, l'épilogue n'y a pas coupé.

— En remerciements, nous pourrions offrir une chanson à nos lecteurs ?

— Une chanson ? Tu es fou, impossible, les mots resteraient coincés dans ma gorge !

— Mais si, mais si...

Alors nous nous sommes équipés d'un micro que l'on a branché à l'ampli, lui-même relié au clavier, tout cela dans la cave parce que le salon-bureau-salle à manger est déjà plutôt encombré. Et nous avons chanté. Finalement, nous vous épargnerons la chanson de remerciements et continuerons de vocaliser au sous-sol en prenant soin de fermer la porte.

— Offrons-leur un jeu ! a-t-il ajouté, très content de son idée.

— Un jeu ? Il en existe déjà plein.

— Oui, mais justement, les énoncés de règles de jeux sont d'une tristesse assommante alors nous allons en rédiger un, de façon amusante et leur offrir.

— Ha…

Ce qui fut dit fut fait.

Nous nous sommes attelés à l'écriture d'une règle de jeu de dés dont nous sommes très fiers et qui nous a fait beaucoup rire. Après plusieurs séances d'hilarité partagée et une délicieuse plongée en enfance, nous avons soumis le résultat de nos élucubrations à nos quatre lecteurs-test et néanmoins amis afin de juger de sa cohérence (de la cohérence du résultat et non de notre amitié). Les pauvres se sont retrouvés avec six pages de rire à déchiffrer.

Hé bien,

Mélanie nous a écrit poliment que c'était « touffu », embrouillé et trop long. Lorsqu'on a affirmé que les règles permettaient vraiment de jouer, elle ne nous a pas crus.

Roger, le seul des quatre à pratiquer le jeu avant que nous décidions d'en rédiger les règles (c'est d'ailleurs lui qui nous a appris à jouer), n'est pas allé au bout de la lecture.

— — Épilogue — —

— C'est très ch… votre truc ! nous a-t-il dit, avec son bon sens habituel.

Danielle qui lit très attentivement nos écrits, nous soumettant souvent des critiques pertinentes, a répondu que c'était probablement la garde de ses petits-enfants qui l'avait rendue moins réceptive, l'empêchant de comprendre ce jeu qui avait pourtant l'air bien sympa. Elle est gentille, Danielle ! Nous gardons en mémoire cette joyeuse séance de prises de vues dont est issue la photo en médaillon, merci, chère amie !

Et Dominique a pris du temps pour répondre et s'est accordé plusieurs lectures avant de nous conseiller un peu plus de sérieux dans nos activités :

— Surtout, lorsque vous écrivez, arrêtez de fumer la moquette parce que c'est le lecteur qui trinque !

Nous remercions chaleureusement nos quatre amis-testeurs de leur courage à nous lire et de leur inconditionnelle franchise. Nous avons d'ailleurs recopié leurs messages, mot pour mot, sans qu'ils soient au courant de leur publication dans notre épilogue. (Sinon, ils auraient formulé leur ressenti avec plus d'élégance mais moins de spontanéité)

Un grand merci également à tous ceux qui nous suivent et soutiennent nos aventures littéraires avec une mention toute spéciale pour Régine, à qui l'on offre la présidence de notre fan-club.

Quant aux parties de dés, elles présentaient encore des défaillances et nous avons changé de stratégie en soumettant les consignes à deux nouveaux cobayes, mettant la règle du jeu au défi de se rendre réalisable. Le résultat fut une grande soirée parisienne, où les dés ont valsé au rythme joyeux de nos règles mutines. Bravo à Stella et Adrien pour leur bonne humeur et le prêt de leurs prénoms pour personnaliser certaines règles.

Après un vote démocratique, nous avons pris la sage décision de re-re-retravailler ce texte avant de le soumettre au flux de nos lecteurs. Le manuscrit final est en voie d'homologation par le très sérieux CJDD, le Comité des Jeux De Dés (si si !) et le document est sur le point d'obtenir un brevet qui nous permettra de le diffuser.

Donc, ni chanson, ni jeu en bonus.

— Et si on leur offrait une recette de cuisine ?

— Pourquoi pas, mais laquelle ?

— Les tomates à la crème, le filet mignon aux figues, le granité de mandarines ou ta mousse au chocolat diabolique qui a le goût de notre enfance.

— Tu sais, on a déjà dépassé le nombre de pages. Faut s'arrêter et ce n'est pas gentil de les faire saliver.

— Et les Saltimbocca...

— Les Saltimbocca de veau ? À la mozzarella ? Ceux de nonna Agata, la grand-mère du narrateur de L'inconnue du banc d'en face ?

— Souviens-toi...

« Pour les saltimbocca, ce sont de petits morceaux de veau, unis à du jambon, qui, comme leur nom l'indique, vous dansent en bouche, une danse piquante et parfumée. Voilà comment il vous faut faire, c'est la recette de ma grand-mère Agata.

Du jambon cru, du veau, de la sauge fraiche, de la mozzarella et un peu d'attention, voilà ce que disait ma nonna.

Le veau doit être mince, tu peux l'aplatir, c'est lui qui va capter, s'accaparer tous les aromes. Tu le roules dans le jambon cru en ayant soin d'y glisser la mozzarella et la feuille de sauge – n'oublie pas, n'oublie jamais la feuille de sauge fraiche, c'est tout le secret de cette recette – tu fabriques un petit paquet tout enrobé de jambon et pour le tenir, tu le piques avec deux cure-dents neufs.

Oh! le poivre! Si tu ne l'as pas mis, déroule tes petits paquets et aie soin de le semer. Pas de sel : le jambon et la mozzarella s'en occupent.

Saltimbocca, voilà ce qui te saute à la bouche : le mime de la pique garnie vers la bouche ouverte. Un plissement de nez : Il faut bien en prévoir six par personne et dans un clin d'œil, huit à dix, si ce sont des messieurs amoureux ou gourmands.

On dispose les petits paquets odorants et tendres dans une poêle et on met la poêle à feu doux sur la gazinière. Une rasade d'huile, pas de l'huile d'olive, non, trop forte, de l'huile neutre. Pas trop d'huile, ce ne sont pas des frites, mon dieu! Juste pour que «ça ne colle pas».

L'huile en trop, hop! dans l'évier, le feu toujours vif pour dorer les saltimbocca sur toutes les faces, on surveille la poêle. On les tourne. Le jambon tout autour doit brunir et rendre son gras. Et lorsque chaque bouchée est rissolée, de ce craquant du jambon qui glisse dans la bouche, encore le gras dans l'évier, le feu qui devient doux et tendre, une gorgée de vin blanc, le couvercle et là, tu regardes la pendule et tu comptes les dix à quinze minutes en cocotte pour détendre le veau. »

— Je ne crois jamais avoir de ma vie dégusté quelque chose de meilleur.

— Et puis, la chanson et surtout le jeu de dés, préparons-les pour la prochaine fois !

À bientôt et encore merci !

BB et bb.

Caromb, juin 2019

Table des matières

Prélude 9
L'inconnue du banc d'en face. 13
Arlequin et saint Pierre 25
Le sourire de Lucienne. 35
Les cabanes 45
Ah! L'un… ou l'autre?. 57
J'avais peint des morts 61
Le gant d'hirondelle. 71
Par-delà la barre. 73
Le Temps et la Nuit 79
Pensées lapidaires. 81
Guérison réciproque 87
Les mots du tiroir 101
Secrets de femmes 107
Les bateaux d'or. 119
Bon voyage, les mots! 125
Épilogue 135

Ce livre a été imprimé
en France par **ICN**

Zone Industrielle des Saligues
98, rue Louis Rabier
64300 Orthez

05 59 69 77 80
icn@imprimerie-icn.fr

BVCert. 6374991